세 평짜리 숲

트리플

세 평짜리 숲

이소호 연작소설

30

TRIPLE

차례

제1장 열두 개의 틈*

* 이 작품은 2077년경 사라진 한국어를 복각하여 2101년에 공용어로 사용하던 언어로 번역하였다는 것을 밝힌다. — 역자 주

엄마가 그랬다. 모든 것이 바뀐 것은 저 두 번째 달이 떴기 때문이라고. 저게 어느 날 아무 이유 없이 우리의 밤에 들이닥쳐서라고. 자신의 예감은 맞았노라고.

그 달이 뜨고 난 후, 인간은 감각이 얼마나 쓸모없는 것인지 알게 되었다. 예감은 둔감해졌고, 감각이라고 말할 수 있는 것은 오로지 직감에 불과했다. 직감을 믿는 인간은 본능적으로 알았다. 매머드 따위에는 반드시 승리할 수밖에 없는 호모사피엔스들처럼, 미래의 인류는 그걸 알았다.

**

이제 지구는 더는 살 곳이 못 된다.

저기 저 첫 번째 달보다 아주 조금 크고 붉은 두 번째 달이 바꾼 것은 만유인력이나 중력 같은 것이 아니었다. 아주 사소한 생활이었다. 우리는 더 이상 하루를 낮과 밤으로 나누지 않는다. 24시간이나 24절기, 4계절은 없다.

우리의 하루는 위대한 자전축을 잃었으므로 북극성으로 길을 찾던 사람들은 영영 집으로 돌아올 수 없게 되었다. 분명히 폴라리스였는데 지금은 세페우스자리의 감마에라이, 아니, 거기서 뭘로 또 바뀌었다지.

사람들은 하늘이 하는 일을 더는 신경 쓰지 않았다. 436시간이나 되는 지독한 하루를 살아내야만 했으므로 그저 가지고 있는 모든 옷으로 눈을 덮었다. 그러나 빛이, 뜨거운 빛이 우리를 계속 쪼았다. 빛을 이기지 못한 사람들은 새로운 신을 믿었다. 하루라도 한시라도 빨리 밤을 당겨온다는 밤의 신이었다. 신이 사실은 세페우스자리의 비밀을 알고 있었던 천문학자라는 소문이 흉흉하게 돌았으나, 엄마 말대로 상관없었다.

"더 많이 아는 자들이 원래 더 나대는 거야."

그렇게 말해놓고 엄마는 일요일마다 숭배하던 원래 신을 버리고 세페우스자리의 아감마에게 가서 세례를 받았다.

"엄마, 예수님이 지셨던 십자가의 고난도 다 잊으신 거예요? 우리 집은 대대로 모태 신앙이잖아요. 엄마가 신을 바꾸면 난 어떡해요."

"쉿! 쉿~ 신도 다 아셔."

"뭘요."

"유행이 바뀌었다는 걸 아신다고. 기원전이 있으면 기원후가 있듯, 이제 감마후가 있단다. 알겠니?"

불면증에 시달리던 나는 엄마를 따라 아감마에게 세례를 받았다. 아감마는 유통기한이 한참 지나 다 쉬어 빠진 에비앙을 내 이마에 천천히 뿌리며,

"그대에게 조금 더 빠른 밤이 찾아오리라."

외쳤고, 나는 아주 작게,

"감마."

답했다.

그 모습을 보며 고양감에 가득 찬 신도들은 나의 두 손을 다시 잡았다. 쥐불놀이를 하듯 나를 빙글빙

글 내돌리며 외쳤다.

"감마! 감마!"

그래, 우리에게 지옥 불에 떨어진다거나 천국에 간다는 말은 역시 사치다.

✦

우리 가족이 사는 곳은 지구의 신대륙이다. 신대륙이라고 해도 별것 아니다. 현재 지구는 난파된 구조선과 같은데, 아무래도 축이 무너졌으니 공기층도 무너졌을 것이고, 그럼 나의 할머니가 살던 땅도 사라졌을 것이므로, 그저 모든 것이 사라졌다는 의미다.

고로 전 세계가 난민인 상태인데, 난민도 다 똑같은 난민은 아닌 터, 잘 먹고 잘 사는 사람이 있는가 하면 하루하루 연명하기 힘든 사람도 있다. 엄마 말에 따르면 할머니는 지구가 제대로 돌던 시절부터 해수면 상승으로 키리바시라는 나라를 잃은 뒤 지구 여기저기를 떠돌던 마라스코시언으로 산 난민이었다고 했다. 그래서 훗날 가정을 꾸리고도 돈이 없어서 지구에 남았다고 했다. 서부영화에 나오는 제임스 헌터는 삶의 터전을 지키기 위해 총질도 마다하지 않았다던데, 우리 집은 어째서 돈이 없어 떠나지 못한 것을 지금까지도 후회하고 있을까.

하지만 엄마와 할머니의 판단이 맞다. 할머니가 떠난 지금, 과거의 지구를 기억하는 모두가 사라진 지금, 우리는 여기 남아서 과연 무엇을 지켜야 하는가. 누군가가 책에서 지구를 '창백한 푸른 점'이라고 표현했다던데, 아름답다고 묘사했다던데, 내게 지구란 그저 낫지 않으면 안 되는 창백하고 푸른 멍에 가깝다. 멍은 어떤가? 보랗게 물들었다가 사라진다. 우리도 그렇게 보랗게 사라지겠지.

우리는 지구에 남은 에어포켓의 시민. 열두 개의 에어포켓 중 동북아시아에서 가장 가까운 에어포켓의 시민. 에어포켓은 늘 고산병에 시달려야 할 만큼 산소가 희박하고, 그러므로 우리는 느리게 걷고, 느리게 걷느라 서로를 보고 웃고, 지구가 정상적이라면 혀가 얼얼해질 때까지 코카차를 마시고도 법에 저촉되지 않았을 거야 하지.

나는 책가방에서 감마 주술 도구를 꺼낸다. 양파 세포에서 배양해낸 엑기스로 추출한 음료를 마시고

완벽한 안대 깁기란 세상에 존재하지 않는 것인지 고민한다. 아진은 그런 나에게 다가와 이렇게 말한다.

“낮이 꼭 나쁜 것만은 아냐! 그래야 식물들이 무럭무럭 자라서 네 양파즙도 되고 이 옥수수도 되지.”

나는 쭈그러진 옥수수를 입에 욱여넣으며 아진에게 말한다.

“아진아, 빛 한 점도 새어 들어와서는 안 돼. 두 눈을 꼭 가리고 자야 해. 제대로 가리지 않으면 모든 것이 붉게 보인다고. 모두가 자야 한다고. 자야지, 살지. 다음이 있지.”

다음 뉴스는 정거장 3에서 온 소식입니다. 비가 너무 많이 내려 폭우로 극심한 가난을 겪고 있다고 합니다. 우리도 돕고 싶지만, 한 치도 움직일 수 없다는 사실이 더욱 비극적으로 느껴질 뿐입니다. 여러분, 정거장 3 사람들을 위해 모두 따뜻한 기도를 해주세요.

1957년, 그러니까 소련이 공식적으로 인공위성 쏘아 올리기에 성공했다고 말하기 전 비공식적으로 실패한 적이 있다는 사실은 사실, 두 번째 달이 뜨고 나서 알게 되었다. 두 번째 달에 의해 그 인공위성은 다시 지구의 자기장 안으로 들어왔고, 괴상하게 궤도를 돌며 지구 여기저기의 에어포켓, 그러니까 정거장을 이어주고 있다.

저 라디오가 어느 정거장에서 들려오는 것인지는 아무도 모른다. 공용어로 말하는 저 방송은 캘리포니아 사람과 인도 사람이 하는 것 같은데 공통점이라고는 도무지 찾아볼 수 없을 정도로 각자 제 생각에 대한 열변만을 토한다. 한 사람은 낙천주의자, 한 사람은 비관론자인데 비관론자의 이야기를 들으면 오히려 희망을 볼 때가 더 많다. 그는 늘 이 세계는 며칠 내로 망할 거라며 마지막 방송을 마치겠다고 오열하지만, 다음 날이면 다시 무한긍정낙천캘리포니안과 방송한다.

그의 이야기가 실제인 경우가 있기도 했다. 그래서 그가 침착할 때는 오히려 경계해야 한다. 무한긍정낙천캘리포니안이 울면 그건 별일이 아니지만, 지옥에서 온 아이티IT인디언은 절대로 그렇지 않다. 그는 자신은 실리콘밸리 총살에서도 살아남았고, 누구보다 빠른 두뇌 판단으로 가진 돈을 모두 통조림을 사는 데 썼으나 집으로 돌아가기 전에 자신보다 더 강한 놈팡이에게 당해 모든 것을 잃었다며, 남은 것은 목소리밖에 없다고 했다. 가족도 친구도 없이 이 작은 정거장 8에 있지만 안데스산맥이 있어 얼마나 다행이냐고 말할 때도 그는 침착함을 잃지 않았다.

그는 가끔 심야에 지식인들의 비밀을 나눴다. 그에게도 밤은 버텨야 하는 것이고 잠은 오지 않는 것이기 때문이었을까.

어느 날 그가 한 말을 여기 받아 적는다.

우주로 떠난 인류에게 돌아온 소식은 없습니다. 돌아올 필요가 없죠. 왜냐하면 그들은 우리가 다 죽었다고 생각하거든요. 사실 여러분이 믿고 의지하는 천문학자 중 저명한 대부분은 두 번째 달이 뜬 날 스스로 목숨을 끊었습니다. 이 비극을 그대로 받아들일 수밖에 없다는 것을 견디기 어려웠기 때문이었겠죠.

저는 애플에서 일했어요. 맞아요, 그 애플이요. 보안 허가가 쉽게 나지 않는 엔지니어 일이었습니다. 그래서 회사 기밀도 보지 못한 채 죽을 거예요. 제가 할 수 있는 거라곤 이렇게 송신기와 수신기를 이용하여 일방적으로 소통하는 것입니다. 유튜브도 볼 수 없어요.

노래도 듣고 싶어요. 아아, 내 아이폰은 이미 죽었습니다. 괜찮아요. 갤럭시도 죽었어요. 모두가 죽는 세상이에요. 아날로그로 돌아가고 싶어요.

하지만 제가 들은 게 있어요. 다행히 정거장 8은 세계적인 기업 회장님들이 많이 사는 곳이잖아요. 아마 정거장 6에도 중국 사람 많을 테니까 같은 이야기를 들을 수 있을 거예요. 곧 대이동이 있대요. 두 번째 달을 예감한 어떤 미친 과학자가 돈까지 졸라게 많았나 봐요. 그리고 그의 인맥이 인맥을 낳아서, 곧 우리 인류를 나눌 거래요. 왜냐하면 이제 에어포켓은, 그러니까 정거장은 사라질 거거든요. 우리는 안전한 지대로 이동해야 해요. 하지만 이동하고 나면 서로 대화할 수 없대요, 자기장 때문에. 어디로 가는지는 몰라요. 선택권이 있는지도 모르고요. 그냥 헤어진대요, 갑자기. 더 많은 걸 알게 되면……

방송은 이 말을 끝으로 돌아오지 않았다. 나는 계속해서 우리는 어디로 와서 어디로 간단 말인가? 라는 생각을 반복할 수밖에 없었다.

엄마는 농부가 되었다. 아빠도 농부가 되었다.

오빠도 농부가 되었다. 나도 농부가 될 것이다. 하지만 나는 농부가 되고 싶지 않다. 모래알처럼 척박한 고랑을 갈다 엄마에게 물었다.

"엄마, 정거장이 사라지면 우린 이제 어디로 가?"

"에구구, 무서운 소리 하지 마. 꿈에서라도 그런 일이 일어날까 무섭다."

"아니, 정거장이 에어포켓이잖아. 그럼 곧 공기층이 사라진다는 건데, 여기서 더 숨 쉬기 버겁다는 건데, 그럼 어떡해?"

"그건 걱정하지 마. 난 또 뭐라고."

"무슨 방법 있어?"

"아감마 님께서 이 세대에는 그런 일 없을지니, 공기를 소중히 하고 주어진 일에 최선을 다하면 된다고 하셨어."

나는 확실하지 않은 말을 옮길 수 없었다.

"너 잠은 잘 자고 있어?"

"아니, 똑같아."

"다 기도가 부족해서 그런 거야. 엄마가 이따 안대 봐줄게. 기도하고 자면 전부 아무 일도 없이 나아질 거야."

✝

아주 오래전, 전지전능하시면서도 인간이 견딜 만큼의 고통만 주시겠다고 하시던, 실로 가학적이시던 신은 통수가 아주 예민한 자들을 만드셨는데 사람들은 그들을 인플루언서라 하였다. 그들은 눈을 감고도 동쪽! 하면 동쪽을 가리키고 서쪽! 하면 서쪽을 가리키는 아주 신비한 감각을 가지었는데, 그들을 따르면 몸담고 살 정거장은 물론 공기와 물이 있는 풍요로운 삶을 좇을 수 있었다.

인플루언서는 각 정거장당 다섯 명 정도 있으며, 그들 역시 남들과 다르지 않은, 형편이 넉넉잖은 인간이기에 배고픔과 외로움, 바이오리듬의 극단적 불균형으로 자살하고 싶을 때도 있다. 하지만 온 정거장 사람들이 온 힘을 다해 살려냈기에 죽지도 못하고 앞장서서 길잡이 노릇을 하고 있다.

이제 인플루언서는 더는 팔로워를 거느리고 싶

지 않다.

"야메테(그만해)."

공용어가 아닌 말을 하자 모든 사람이 그에게 집중했다. 하지만 아무도 그를 탓하지 않았다. 진정한 팔로어라면 인플루언서의 작은 실수 정도는 눈감아주는 것이지.

사람들은 그때부터 "야메테!" 하고 외쳤다.

한 사람이 소리치자 다른 사람도 소리쳤다.

"야메테!"

정거장 6 최고의 밈은 "야메테"였다.

"야메테!"

정거장 8로부터의 방송이 끊긴 지 얼마나 되었지? 하루도 지나지 않았다. 하루는 436시간이므로. 그러나 내가 까만 안대를 뺀 지는 석 달하고도 무려 열아흐레가 지났다.

다시 정거장 8로부터 메시지가 전송되기 시작했다.

정거장의 시민 여러분, 안녕하십니까. 이곳은 정거장 8 통신 센터입니다. 여러분, 지금 기준 사십팔 시간 이내로 필요한 짐을 꾸려 두 개의 인류 마지막 땅으로 가십시오. 반드시 인플루언서의 행동을 잘 따라 하시기 바랍니다.

인플루언서들은 받아 적으십시오. 정거장 1 …… 정거장 6, 데저트랜드는 북북북북 서서서 북 서 북북 서 서 북 서서북북 북. 아이스랜드는 남남 동 남 동남남 동 동동동동 남 남 남 남 남 동 동 북……

여전히 오늘은 각 정거장에 떨어져 있는 인플루언서들이 정보를 교환하는 날이다. 우리도 그들이 어떻게 정보교환을 하는지는 알 수 없다.

그들이 들고 온 정보는 너무나 충격적이었다. 그들은 힘겹게 입을 열었다.

"우선 첫 번째로, 여러분은 이제 정거장을 사용하실 수 없습니다. 지구에 있는 열두 개의 정거장은 모두 폐쇄됩니다."

사람들은 탄식했고 아감마의 소맷부리에 눈물을 훔쳤다. 그러나 인플루언서는 힘주어 말했다.

“하지만! 살길은 있습니다. 여러분, 희망이 있습니다. 세계 굴지의 기업 캐터필러가 데저트랜드에, 아이스랜드에는 YK건기가 살 곳을 이미 마련해두었다고 합니다.”

“잠깐, 살길이 있다면서 그걸 왜 이제야 이야기해요?”

“아직 완공이 되지도 않았고, 그곳이 모두를 수용할 수 있을지도 확실하지 않았습니다.”

얼마 전 정거장 4의 집단자살 사건을 들은 적이 있다. 그들은 아무에게도 알리지 않고 고요히 갔다. 정기적인 정보전달을 위해 정거장 4를 지나가던 인플루언서가 그들을 발견하지 않았으면 영영 몰랐으리라. 그들은 무엇도 믿지 않고 그렇게 갔으리라 생각했다.

아무튼 정거장 4가 사라져준 덕에 우리는 비로소 어디로 갈지 선택할 수 있게 되었다. ‘비로소’라는 말이 비인간적으로 들린다. 비로소 산다. 비로소 간다. 비로소 이주한다. 비로소 정거장을 벗어날 수 있다. 비로소 나는.

“잠깐, 그…… 데저트랜드랑 아이스랜드가 뭐가

다른 거요?"

그래, 그게 가장 중요한 질문이지.

"데저트랜드는 말 그대로 낮이 계속되는 곳입니다."

"밤이 영영 오지 않는다고요?"

"네, 백야 상태로 평생을 지내는 겁니다."

"너무 덥지 않아요?"

"그건 지금도 마찬가지잖아요."

"아줌마는 좀 조용히 해요."

"뭐야, 해보겠다는 거야?"

"지금 그게 중요한 게 아니에요. 다들 진정하세요. 당장 사십팔 시간 안에 평생 살 곳을 정해야 하니까 이야기를 조금 더 들어봅시다."

"네, 그래도 데저트랜드에는 가끔 비가 와요. 아주 오래전의 적도 주변에 내렸던 스콜 같은 거라고 생각하면 된대요. 자, 물 있고, 내 몸 뉘일 공간 있고, 땅 있고. 그럼 됐죠."

"진짜 몸 뉘일 공간만 있는 거 아녀?"

"몸 뉘일 공간은 기본 옵션이고요, 돈이나 다른 재산을 내면 보다 넓은 곳으로 이주할 수 있어요. 아주

합리적인 곳이죠. 그리고 강제 노동 같은 다 같이 해야 하는 일 따위는 하지 않아도 돼요."

"그럼 짐은 많을수록 좋겠네?"

"짐은 24킬로그램까지. 그 이상은 돈 받아요."

"쓸데 있을 수 있으니까 다 가져가서 팔아서 집 평수 넓히는 데 쓰면 되나?"

"여기서 재화가 되는 것만 거기서 값어치가 있겠죠?"

"아이스랜드 이야기 좀 해봐. 거기는 어때?"

"시설은 아주 좋아요. 데저트랜드에 비하면 넓고, 식사도 제공되고. 뭐, 걱정할 게 없죠."

"그럼 다들 아이스랜드에 가겠네?"

"과연 그럴까요? 아이스랜드는 극야예요. 끊임없이 밤만 계속된다고요. 밤이 계속되면 어떻게 되겠어요? 모든 게 얼겠죠? 그럼 뭘 먹고 살까요? 여러분이 먹던 음식이 아니라 영양제 알약이나 링거 수액, 아니면 가끔 운이 좋으면 통조림이나 수경재배 음식을 맛볼 수도 있겠죠."

"뭐야, 완전히 밤인 쪽과 완전히 낮인 쪽 중 선택하라는 거네? 그것도 사십팔 시간 안에."

"아이스랜드로 가려면 돈을 아무리 쥐여줘도 24킬로그램 이상의 짐은 받지 않으니까 괜찮지만, 데저트랜드 짐 싸시려면 더 서두르셔야 할 거예요."

"인플루언서, 당신은 어디로 가나?"

"저는 아이스랜드요."

"벌써 정했어?"

"네, 저는 햇빛에 타는 것도 질색이고 살찌는 건 더 질색이라."

아진과 나는 인플루언서의 이야기를 들으며 멍하니 있을 수밖에 없었다. 나는 원래 뭘 좋아했지? 지금은 뭘 좋아하지? 내가 물욕이 있었던가? 나의 소중한 것은 24킬로그램 이내인가? 정말 저 말을 전부 진짜라고 치부할 수 있을까? 인플루언서도 가본 적 없는 길을 우리가 가는 것이 맞는 일인지 모르겠다고 생각했다.

아진은 나에게 말했다.

"나는 내가 여기서 생을 마감할 줄 알았어."

그러고는 이내 뒤 돌아 집으로 돌아갔다.

▲

아진네 식구들은 언제나 통조림처럼 반쯤 죽어 있었다. 평화로이 결을 유지하고 있는 살코기를 헤집어 놓는 것은 늘 아진이었다. 정적을 망쳐야 직성이 풀리는 아진은 집의 고난을 살피다 그만 손이 베이는 사고를 당했다. 아, 아프다. 아무도 듣지 않는다. 그러니까.

"위험하니까 조심 좀 하지."

엄마의 목소리가 들린다.

아진은 집에 가는 길에도 참치를 씹고 잠을 자다가도 참치를 씹었다. 할머니 목소리가 들리는 것 같았다. 할머니는 늘 아진에게 이런 이야기를 해주었다. 멸망한 사랑 이야기.

아진아, 옛날에는 유튜브라는 게 있었단다. 거기에서는 이 세상 사람들의 모든 사는 이야기가 나왔는데, 다시 돌려 보고 싶어도 되돌아갈 수 없었단다. 그래서 나는 행여나 내가 좋아하는 영상이 나의 알고리즘을 영영 떠나버릴까 봐 두려워서 자메이카 소년이 미친 듯이 스텝을 밟는 그 영상을 보고 또 보았단다. 아마 그게 종이였으면 벌써 누더기가 되었을 테지.

유튜브라는 것엔 그런 게 많았어. 십오 초 안에 짧게 사람의 마음을 훔치는 것들인데, 그게 말이야, 엄지손가락과 맞닿아 있는 좋아요 개수가 적으면 영 신경이 쓰여서 말이지. 근데 나중에 알았단다. 그렇게 짧게 짧게 마음에 툭툭 하고 당하고 나니까, 나중에 쿵 하고 큰 무언가가 와도 아무 감각도 안 들더라고.

지금 내가 그래. 세상이 멸망해서 내가 지금 지구의 에어포켓인가 뭔가 하는 정거장이라는 데에 와 있다는데, 아무 감각이 안 들어. 숏폼은 말이야, 내 마음을 흔들었는데. 나는 자메이카 청년의 발재간 말고는 그 어떤 일에도 덤덤해진 걸까? 나는 인간성을 잃은 걸까?

그래서였을까, 아진은 항상 길고 오래 머무는 것을 좋아했다. 변하지 않는 것을 좋아했다. 한 번 마음을 주면 거둘 줄 몰라서 가끔 포기도 시켜야 했다. 하지만 그것이 잘못된 일은 아니니까.

그런데 이건 다르다. 한 곳에, 정거장 6에 마음을 준 아진은 지금 잘 쌓아 올린 통조림을 도둑맞다 못해 탈탈 털린 느낌이 든다. 옆구리 살이 벌어진 것도 모르는 엄마는,

"낮이 좋니, 밤이 좋니?"

이런 말이나 내뱉고 있다.

"나는 지금이 좋아!"

아진은 눈물을 훔치고,

"어디 가?"

엄마는 묻고.

"어디든 가야 된다며."

아진은 말한다.

아진은 다시, 조용히 말한다.

"나는 정거장 6에서 우리 모두 죽어버렸으면 좋겠어."

△

우리 가족은 나를 이렇게 부른다. 이린아, 이린아. 내 딸, 이린이. 엄마는 신실히 아감마를 믿고 아버지는 농사를 짓는다. 오빠는 금수다. 짐승이 있다면 저 새끼가 아닐까 싶다. 쉰 옥수수 정도는 그냥 뜯어 먹고 유통기한이 지난 통조림도 아직 안 뜯었으면 새것이라는 논리로 살아가는.

우리 집은 중산층이다. 어디까지나 정거장 6에서의 이야기지만. 아주 어린 시절, 우리 집도 정거장에 막 정착하던 때가 있었다. 토착민들이 있어서 어쩔 줄 몰라 더 불행했던 시절이라고 기억한다. 나는 그 불행을 또렷이 기억한다. 이주의 고통은 삶의 터전을 버리는 것에서 나오는 것인데, 사람들은 다 까먹어버린 것 같다. 오빠만 해도 그렇다.

"난 상관없어. 어차피 암막 커튼 치고 사는데 여기나 저기나 똑같지."

"좀 진지하게 생각해봐. 에어포켓이 몽땅 사라져서 이제 인플루언서들이 더는 왔다 갔다 못 한대! 거기 사람들이랑도 영영 연락이 끊기는 거라고."

"아, 그냥 내 방만 잘 있으면 된다고, 지금처럼."

하지만 나는 오늘의 대화를 기억하지 않는다.

할머니는 처음 집을 잃고 이곳에 왔던 날 온 등이 들썩일 정도로 서럽게 우셨다. 나는 "할머니 왜 우셔요?" 묻지 않았다. 할머니 등도 만지지 않았다. 그냥 무엇인지 알 것 같았다. 내게도 두고 온 소중한 무언가가 있었는데, 할머니는 그게 더 많았을 게 틀림없으니까.

그 후로 할머니의 화법은 아주 이상해졌다. 어

떤 일을 하고 있으면, 그러니까 예를 들어 밥을 먹고 있을 때도, "예전 집에서는 밥 먹을 때 우리가……" 이렇게 운을 떼며 무조건적으로 과거로 회귀하기 시작한 것이다. 할머니의 마음을 아는 우리는 할머니를 가만 내버려두었고, 간섭도 하지 않았다.

어느 날, 할머니는 아버지 숟가락에 장조림 하나를 얹고서 "우리 아들내미 예전부터 장조림이 없으면 밥을 먹지를……" 하고 운을 뗐다. 그러자 아버지는 "어머니, 그만 좀 하세요. 이제 지긋지긋해요, 그놈의 옛날이야기" 하며 밥상을 걷어차고 나가버렸다.

"어머니, 하루하루 살기도 힘든 세상에 옛날이야기 해서 좋을 게 뭐 있다고."

아버지가 떨어트린 밥그릇을 줍던 엄마도 한마디 했다.

그날 이후 할머니는 시름시름 앓았다. 할머니는 그릴 미래가 없으니 추억이라도 떠올린 것인데, 그걸 하지 말라니 그럼 무엇을 해야 하나. 노인의 하루는 이렇게나 서글프다. 나는 미래가 꼭 추억처럼 느껴진다. 그 둘은 하나다. 추억은 곧 다가올 미래인데, 어째서 할머니에게는 모든 것이 금지되었을까. 왜 오늘만 살라고 할까. 오늘은 무려 436시간인데.

결국 묻는 말에 겨우겨우 답만 하던 할머니는 겨울을 넘기지 못하고 돌아가셨다. 유언이란 본디 살아온 지난 시절을 돌아보는 것이고 그 시절에 관해 당부하는 것인데 금지당했으니 할 말이 있을 리가. 그러니까 우리 할머니는 잘 지내라, 이 당부만을 전하고 끝끝내 본인이 가장 하고 싶었던 말은 단 한마디도 입술 위에 얹지도 못하고 입을 영영 굳게 닫았다.

자, 이제 누가 이주민이지? 누가 추억을 팔아야만 살 수 있지? 누가 모든 일에 사사건건 정거장 6을 떠올리지 않으면 한 치도 앞으로 나아갈 수 없지?

그래, 이제 그건 누구지?

∞

아주 오래전의 일이야. 지구가 어떤 행성과의 충돌로 일어나서 태양 주위를 돌고 있고, 그때 거기서 튀어나와서 지구 주위를 돌고 있는 게 달이라는 거, 우리 거기까지 배웠지? 아니지, 거기서 더 배웠지. 일 년은 본디 365일이고 자전이 있어 해를 고루 받기 때문에 열두 시간씩 낮과 밤이 생긴다고 배웠잖아, 그치?

근데 그 축이 어느 순간 다른 중력에 의해 무너졌단 말이야. 너, 잘 돌고 있던 팽이가 멈추기 직전에 더 거칠게 돌아가는 거 본 적 있지? 우리는 첫 여름이 왔을 때 지구가 금성이 될 줄 알았어. 과거 금성은 지구와 비슷하지만 태양과 더 가까워서 열대우림이 있을 거라고 생각했는데, 자전 속도가 너무너무 느린 까닭에 산성비가 내리는 죽음의 행성이 되었거든. 우리가, 미생물이, 플랑크톤이 없어지면 지구도 죽어버리는 것처럼.

근데 저 두 번째 달이, 저거 이름이 뭐였더라, LHS3844b라고 했던가? 저 별은 언제나 낮, 아니면 언제나 밤이라는 거야. 조석이 고정된 저 행성에서 내뿜는 미친 중력이 우리를 망친 거지. 저 별이 언제 어디서 어떻게 왔는지 우리는 잘 몰라. 그냥 우리 눈에는 달이 두 개가 된 것뿐이니까. 여튼 지구의 축이 움직이니 사람은 살 곳을 점점 잃었겠지? 시간 개념이 없어지고, 산소가 희박해지고, 섬나라는 대륙이 되고 대륙은 섬나라가 되었던 거야.

섬나라들이 죄다 전쟁을 일으켰던 거 다들 알지? 가만히 있으면 이렇게 다 알아서 대륙이 됐을 텐데 왜 그렇게 피를 흘리고 싸웠는지 모르겠어. 전쟁은 욕망의 산물이라는 게 여기서 또 한 번 증명이 되는 거야.

거기 멍청히 서 있는 너는 이렇게 질문하겠지?

선생님, 정말 죄송하지만 지구는 원래 적도 부분에 뚱뚱하게 바닷물이 몰려 있지 않았나요?

그래, 그 바닷물이 다시 갈 길을 가면서 아까 말한 섬나라들이 대륙이 됐다가 다시 섬나라가 되는, 또 다른 자연의 섭리를 거치고 말았단다. 게다가 대륙들 사이의 높고도 깊은 바닷물뿐 아니라 북극해를 덮고 있었던 언 바닷물도 있잖니? 그것들도 여기저기로 흩어져서 거기 중 어딘가는 길이 되었겠지. 어딘가는 섬이 되고 어딘가는 대륙이 되었겠지. 과학적으로 맞는 거냐고 따지지 마. 우리가 살아 있는 것 자체가 비과학적이고 종교니까.

아마 너희가 교과서에서 보던 지도는 오늘의 우리가 사는 곳의 지도는 절대로 아닐 거란다. 우리가 가져야 하는 지도는 바로 이거야. 서른두 명의 순교자들이 보혈로 표식한 열두 개의 정거장. 그들이 숨을 쉴 구멍을 찾아서 위험을 무릅쓰고 돌아다니며 체크를 해둔 거야. 숨만 쉴 수 있다면 살면 돼. 농사도 거기다 지으면 되고. 척박해도 서로 도우며 착하게 살아가면 된단다.

그런데 말이지, 오늘은 이 지도에 신대륙을 넣어야겠다. 정거장 1에서 가까운 데저트랜드는…… 그래, 아진이가 그려봐. 그럼 정거장 12에서 가까운 아이스랜드는 이린이가 그려볼까?

△

정확하게 24시간이 지났다. 중세시대에 있었다가 두 번째 달이 뜬 후 부활한 직업군이 몇몇 있는데, 그중 하나는 정확한 시간에 사람을 깨워주는 직업이다. 나의 오빠는 다른 일은 아무것도 하지 못하지만 시간을 정확하게 알 수는 있어서, 매일 정거장 6 사람들을 깨우기 위해 분주히 움직인다.

오빠의 움직임으로 알 수 있다. 하루가 지났다. 하루가 지났으므로 더 깊은 고민에 빠져야만 한다. 아니, 사실 고민 따위는 하고 싶지 않다. 내 마음은 애초에 하나였다. 나는 이 지긋지긋한 빛이 싫다. 어둠이 좋다. 문명이 좋다. 자유를 빼앗긴다 해도 그냥 시키는 대로 일하고 레고 블록처럼 이리 쌓이고 저리 쌓이다가 해리 포터의 집이 되어보는 것도 좋겠다고 생각했다.

그래서 나는 이미 정했다. 가져갈 책도 이미 정했다. 하고 싶은 일도 이미 정했다. 그렇지만, 나는 알고 있다. 이것은 다수결의 문제이며 가족의 문제이기도 하다. 가족의 문제? 아니, 최소한 아버지가 '우리'를 지키려고 노력한다는 건 모르지 않는다.

아침 식사 시간부터 가족회의가 열렸다. 학교도 직장도 갈 필요가 없고, 오로지 논쟁만이 필요했다.

"이린이 생각부터 들어볼까?"

마치 나를 존중한다는 저 태도. 사실 존중하지 않고, 자신의 의견과 같은지 알고 싶을 뿐이라는 것을 잘 알고 있다. 하지만 나는 오늘 가장 분명하게 나의 이야기를 해야 한다. 돌이킬 수 있는 때는 선택하기 전뿐이니까.

"난 아이스랜드로 가고 싶어."

"아이스랜드라니, 거기는……!"

"아이의 의견을 충분히 들어보자고."

흥분한 엄마를 아버지가 말렸다. 의외라고 생각했다. 나는 찬찬히 내 생각을 이야기했다.

"성인이 되어서도 안락한 사회의 일원이 되고 싶어. 아이스랜드는 내 방을 내어준다고 들었어. 그리고 나는 지긋지긋한 이 빛이 싫어."

"빛이 없는 곳에 가면 우울증으로 죽어버릴 거야!"

"지금도 빛 때문에 우울증으로 죽어버릴 거 같아."

"다들 조용! 지금은 모든 가족 구성원의 이야기를 듣는 시간이잖아. 진기가 이야기해볼까?"

"난 어딜 가든 상관없어. 다 거지 같아."

"그래도 아주 조금이라도 더 마음이 가는 곳이 있을 거 아니니?"

"없어, 정말로. 50 대 50이라면 내가 마음을 정했겠지. 근데 이건 0 대 0이야. 이것 역시 의견이니 존중해주시죠?"

"알겠습니다. 그럼 진기는 기권으로 생각하고, 내 생각을 이야기할게. 엄마는 데저트랜드로 가고 싶어. 거기는 아는 사람들도 많이 가고, 여기랑 별로 다르지도 않대. 엄마는 그게 좋아."

"지금 아는 사람들이랑 같이 지내려고 미래를 선택하겠다는 거야?"

"아니, 아는 사람 때문이 아니라……."

"아감마 그 새끼도 가지?"

"……."

"그래, 내 그 새끼도 거기로 갈 줄 알았어. 아빠, 엄마 말은 의견이 아니야. 그냥 종교를 따라서 가는 거라고. 아감마 교인들이랑 함께하려고 가는 거라고. 진짜로 가족을 생각하는 사람의 의견을 따라야 해, 아빠!"

사실 나는 아빠가 내 의견을 들어주지 않을까 봐 걱정이 되었다. 아빠가 데저트랜드를 선택한다면 나는 강제로 그곳에 끌려갈 것이다. 안 되지, 그건. 안 될 일이지. 그러니까 아감마고 나발이고 벗어나야만 한다.

"아빠, 내 이야기 좀 들어봐. 나는 오래오래 한 군데에서 아빠처럼 일하고 싶어! 그럼 아이스랜드가 제격이야. 거긴 한 회사가 마을을 다 꾸린다며? 그리고 거기서 정기적으로 일한다며? 직업을 따로 열심히 구하지 않아도 된대. 어? 아빠? 듣고 있어?"

"아니 여보, 다들 데저트랜드에 간다는 건 다 이

유가 있는 거라니까? 아감마 님도 가신다고. 평생을 별 공부만 하신 분인데 그분이 바보도 아니고 왜 데저트랜드로 가겠어? 아니, 당신도 생각이란 걸 해봐."

"우리는 그나마 다행인 줄 알아. 정거장 1~3, 8~12는 무조건 가까운 지역으로 간다고. 다들 감사한 줄 알아. 다음 가족회의는 오후 다섯 시. 잊지 마. 우리 짐 쌀 시간도 필요하잖아."

▲

아진네 가족은 오늘 밥을 한 수저도 뜨지 못했다. 각자 생각하느라 잠들지도 못했다. 아진은 정거장 4 사람들이 왜 다 같이 죽음을 맞이했는지 알 것 같았다. 그들은 그라목손을 털어넣기 전에 무슨 이야기를 나누었을까. "세상에서 가장 고통스럽게 죽는 농약이래" "이렇게 예쁜 초록색인데 어쩌다가?" "우리 죽음을 겸허히 받아들이자" 같은 말을 나누었을까? 아니면 먹고도 2~3일은 일상을 살며 신변 정리를 하다 죽을 수 있다는, 그런 소소한 이야기를 했을까?

아진은 정거장 6에 남으려면 그라목손이나 쥐

약 말고는 다른 방법이 없다는 사실에 화가 났다. 자신은 이제 긴 여행을 떠나기 위해 짐을 꾸려야 하고, 이미 이 생활에 익숙한 가족들은 대충 데저트랜드로 가자고 했다. 아진은 그 사실에도 화가 났다. 사소한 일상마저 빼앗겼다는 생각 때문에. 이 작은 에어포켓에도 사람이 살고 있고, 우정도 있는데 말이다.

아진은 특히 이린과 친했다. 둘은 가끔은 흙장난을 하며 두 손을 흙으로 두텁게 덮었다가 빼고, 이게 네 새집이라고 놀리기도 했다. 가끔은 엉망이 되어버린 별자리들을 보며 그 많던 천문학자는 다 어디 갔을까 이야기했고, 눈을 아무리 가까이 가져다 대도 별 테두리조차 보이지 않는 조악한 망원경을 가지고 둘만의 이야기를 만들었다.

"지금까지 본 별자리 신화는 다 잊는 거야. 도서관에서 본 물병자리라든가 전갈자리, 그건 다 허상이야. '넌 유월생이라 황소자리다' 이런 거 하지 말자. 하고 싶은 거 하자. 너 평소에 하고 싶었던 별자리 있었어? 나는 솔직히 예전부터 물고기자리가 되고 싶었어. 하루 차이로 물병자리가 되어야 했는데, 물고기자리는 예술가적인 면모를 가졌고 사랑을 알고 세상에 쉽게 적응하고 상대방을 위로할 줄 알아. 그러니까 앞으로 물고기자리로 자랄래. 이린아, 너는 뭐 하고 싶어?"

"그럼 나는 쌍둥이자리 할래."

"왜?"

"너와 쌍둥이고 싶으니까."

그렇게 아진의 반쪽이 된 이린은 늘 아진과 함께였다. 그래서 아진은 물어보지 않아도 알 수 있었다. 이린은 절대로 데저트랜드로 가지 않을 것이라는 사실을. 이린은 사색을 좋아하니까. 빛을 싫어하니까. 어둠 속에서 더욱 빛나는 그림자니까. 둘은 종종 손을 잡곤 했기에 아진이 이린의 손바닥 아래 굳은살을 알고 있는데도, 어째서인지 아진에게 손을 쉽게 펼쳐보이지 않았으니까. 그래서 알 수 있었다.

엄마는 조용히 아진에게 짐을 싸라고 했다. 짐을 싸는데 어떻게 조용할 수 있지? 싶었지만 엄마의 모든 신경이 이주를 어디로 할까에 관해 끊임없이 고민하는 데 집중하느라 속이 시끄러우리라 생각했다.

생각해보니 참으로 단출한 가족이다. 엄마와 아진. 아진의 아버지는 어느 날 나가서 돌아오지 않았다고 했다. 배가 정거장을 벗어나는 바람에 거기 탄 사람이 다 죽어버렸디야, 라고 김제 할배가 말해주지 않았다면 몰랐을 일이었다. 어쨌든 김제 할배 덕에 시신은 못 찾았지만 소식은 들었다. 김제 할배가 곡도 해준 덕에 모두가 물귀신이 되지 않았다. 공용어 말고 한국어로 한 덕에 전부 한국 천당에 가버린 것 같지만.

사실, 김제 할배가 곡을 할 때 아진은 봤다. 할배의 눈은 겁에 질려 있었다. 그것은 가는 데 순서가 없다는 것을 깨달은 몸으로 배운 노인의 춤이고 노래였다.

어드메요 어드메요
대체 어디에 묻어야 하오
어디다 묻어두고 살지
대답해주오
어드메오 어드메요

△

“여보, 나는 이린이의 말이 조금 더 일리가 있다고 봐. 그래서 아이스랜드에 가기로 마음먹었어.”

"그게 무슨 소리야? 사탄 마귀에 홀린 거야?"

"아니, 나는 여기, 정거장 6의 공동체 생활에 지쳤어. 아주 잠시라도 개인 시간을 가지고 싶어."

"그럼 당연히 데저트랜드로 가야지."

"거긴 돈 내야만 부자로 살 수 있다며."

"우리 정도면 부자야."

"당신, 부자를 본 적이 없구나? 하긴, 다른 정거장이나 우주에 있을 테니까. 우리 재산만으로는 네 가족이 넉넉하게 살아갈 수 없어. 차라리 시계 부품처럼 시키는 일 하면 거기 내 자리는 있잖아. 부품이 자기 자리 찾아가듯이, 우리도 찾아가자."

"여보, 오늘 일을 평생 후회하게 될 거야."

"괜찮아, 후회해도."

"뭔 미친 소리야."

"이제 여길 떠나면 데저트랜드에 간 사람들과의 교신은 영원히 끊기게 돼. 그러니 후회할 리 없어. 저쪽이 더 지옥이라는 희망밖에는 없을 테니까."

▲

"엄마, 그냥 그렇게 가기로 한 거야?"

"왜? 너도 동의한 거 아니었어?"

"아니었어. 나는 그냥 데저트랜드로 정해진 것 같길래 물어본 거야."

"그럼 넌 왜 아이스랜드에 가고 싶은데? 영하 58도인데."

"친구가, 소중한 친구가 아이스랜드로 간대."

"더우면 벗으면 돼. 근데 춥잖아? 답도 없어. 우리가 가진 옷으로는 턱도 없다고."

"친구랑 다른 곳으로 가면 영영 볼 수 없게 되잖아."

"살던 대로 사는 거랑 새로운 곳에서 다시 적응하는 건 천지 차이야. 엄마가 해봐서 알아. 넌 여기서 태어나서 하나도 모르겠지만."

"친구만 영영 못 만나는 게 아니야. 정거장 6도 없잖아, 이제."

"여기 정거장 사람들이 많이 가잖아? 그럼 영역 싸움에서도 안 져. 우리가 꿀릴 게 없다고."

"나 아직 이린이한테 인사 못 하고 왔어."

"너만 친구 있고 너만 추억 있니? 너만 여기 다 있어? 죽으면 다 소용없어. 입 닥치고 짐이나 싸."

△

이린은 책을 가득 싼다. 듣기로는 전기를 자유롭게 쓸 수 있다고 해서, 할머니가 물려주신 아이폰을 가져갈 생각이다. 무엇을 보거나 들을 수 있을지는 모른다. 옷 역시 소중한 것이 아니면 다 버린다. 거기서 주는 옷으로 갈아입으면 된다고 했다. 아버지는 군인이 된 것 같다고 했고 오빠는 자기 직업이 거기서는 소용이 없겠다고 툴툴댔다.

와중에 엄마는 아감마의 성경을 끌어안고 울었다. "별빛으로 인도하사 우리의 죄 있고 없고 빛이 있어 어둠이 있나니"라는 첫 구절부터 다 틀린 성경 구절이 적힌 페이지를 펴서 안고 있었다. 이린이 엄마에게 "빛만 있고 어둠만 있나니. 칼날 같은 추위와 타들어가는 더위 속에 세상을 창조하셨나이다" 하였더니 더더욱 서럽게 울었다. 울다가 마지막으로 교회 사람들과 인사를 하겠다고 뛰쳐나갔다.

이린은 짐 무게를 재어본다. 짐을 든 채 몸무게를 재고 거기서 이린 자신의 몸무게를 빼 짐의 무게를 가늠한다. 24킬로그램까지라고 했지만, 이린은 정거장 6의 기억은 모두 놓고 가기로 해 짐을 그 자리에 그대로 둔다.

▲

아진은 옷가지를 잔뜩 싼다. 나중에 물물교환하거나 이불을 기워 쓸 때 도움이 되기 때문이다. 옷가지만 추렸는데 벌써 무게가 10킬로그램을 육박하고 있다.

아진은 이제 소중한 것을 담기 위해 노력한다. '학교에서 처음 받은' 상장, '엄마가 준' 포도알 스티커, '할머니에게 물려받은' 붉은 루즈, '아버지와의 마지막 식사에서 쓰인' 촛대와 그릇과 포크. 모든 물건에는 사연이 있고, 그것에 이야기를 붙이면 의미가 된다. 그러나 엄마는 죽은 사람의 물건을 잘만 버린다. 그럼 사랑하는 사람을 상기시킬 매개체가 없어져 버린 아진은 어떻게 해야 할까?

"멍청한 년. 이런 건 돈도 안 되고 쓰레기만 되는 거야. 네가 거기서 잘 챙긴 건 은 촛대랑 포크뿐이야. 옷도 고어텍스가 아니면 엄마가 소용없댔지? 다 버리고 정말 필요한 걸 다시 모아."

"그럼 이 소중한 걸 다 버려?"

"버려."

"엄마 미쳤어? 어떻게 이걸 버려?"

"그럼 두고 가."

"여기 두고 가? 사람도 없는 무인도에 뭘 두고 가라는 거야?"

"쫑알쫑알 시끄러워 죽겠네. 그럼 필요 있는 사람한테 줘, 너 기억해 달라고. 그 물건을 왜 꼭 네가 가져야 하니?"

『세 평짜리 숲』(이소호, 자음과모음, 2025).

아진은 곧장 그 책을 들고 이린의 집으로 가서 문을 두들겼다. 쪽잠을 자던 이린이 문 앞에 나타났다.

이린아, 이린아.

무슨 일이야?

너에게 이걸 주려고 왔어.

이게 뭔데?

네가 전에 우리 집에서 읽다가 만 책.
끝까지 봐. 재미있어. 한번 믿어봐.

……고마워.

그리고 그 책 보면서
가끔 내 생각 해주기야.

너네 아버지가 사준 거라며.
너 안 가져가도 돼?

응, 엄마한테 쓸데없는 물건이라고
빼꾸 먹었어.
참, 나는 내일 데저트랜드로 간다.

그래, 나는 내일 아이스랜드로 간다.

드디어 빛이 없는 곳으로 가네.

응, 나는 줄 게 없네. 잠깐만 기다려봐.

이게 뭐야?

야광 별.
예전에 할머니가 내 방 벽에 달아주신 거야.
지금은 빛이 안 나지?
근데 손으로 동굴을 만들어서 그 별을 보면
별빛을 볼 수 있어.

와, 신기하다!

미안해. 인사하러 갈 용기가 안 났어.

아냐, 나도 그랬어.
그건 진짜 끝 같으니까.

그나저나 신기하다.

내 깍지 손 사이에서만 빛나는 별이네.

게다가 가깝고.

못 지킬 약속 할게.

뭔데?

편지할게.

소식도 전하고, 안부도 자주 전하고.

꼭 그래라.

**

엄마가 그랬다. 세상에 영원한 것은 없다고. 지구도 영원할 줄 알았지만 저 두 번째 달이 뜰 줄 누가 알았겠냐고. 우리가 예수님을 배반하는 베드로가 될 줄은? 아감마라는 천문학자가 미래를 본다고 믿을 줄은? 우리가 몇천 년이나 믿어온 별들의 서사가 한순간에 엉망이 될 줄은? 우리는 아무것도 몰랐다.

그러나 몰랐다는 말로 그것들이 전부 거짓이 되는 것은 억울하다. 그러므로 반만 틀렸다고 이야기하고 싶다. 아진과 나의 이야기처럼.

우리는 사라진다. 그러나, 엄마 말대로 우리라는 것이 사라진다는 것이 과연 정말 없었던 일처럼 감쪽같이 두 눈을 감추는 일인지는 잘 모르겠다. 끝끝내 미뤄두고 싶다. '영원히'라는 말은 지금 붙이지 말아야겠다. 나는, 아니, 우리는 그 단어의 무게를 아주 잘 아는 사람들이니까.

제2장 세 평짜리 숲*

* 안유리, 「세 평짜리 숲(A forest three meters Squared)」, 2012, 출판물(Publication), 141×221mm에서 제목 차용.

▲

슬픔에도 돈이 든다는 사실을 아는 데 아진은 고작 이틀이 걸렸다. 시작은 사람들이 자발적으로 맨몸으로 물로 향할 때였다. 그들은 물에 자신의 몸을 띄워 어디론가로, 어디론가로 팔을 저을 수 있을 때까지 힘껏 저었다. 아진은 엄마에게 물었다.

"엄마, 저 사람들은 어디로 가?"

"집을 유지할 능력이 없으면 그다음은 죽음뿐인 거지, 뭐."

사실 아진의 재산은 생각보다 적었다. 그래서 마굴에서 살 수밖에 없었다. 그러나 데저트랜드에서 마굴에 살 수밖에 없다고 생각했던 것은 문제가 되지 않았다. 진짜 문제는 데저트랜드에 궁전 같은 집들이 있다는 것이었다.

그곳에 사는 자들은 수도관이 따로 있고 태양열도 따로 쓴다. 그들은 도시의 주인처럼 군다. 그들은 토착민이라는 이유 하나만으로 가장 넓은 집을 가질 수 있었고, 가장 큰 모험에 승부를 건 덕에 저 집, 반타빌리지에 머물고 있다.

나머지는 콘크리트를 얼기설기 엮은 아파트에서 살며 계단을 걸어서 오르내려야 했는데, 가난할수록 고층에 살았다. 높이 올라가는 데 더 많은 짐과 더 많은 노동력이 필요하므로. 노인이 올라가기라도 하는 날에는 그의 방에서 냄새가 날 때까지 아무도 들여다보지 않았다. 오르지도 못했으니 내려오지도 못했겠지. 내려오지 못했으니 구해달라는 말도 못 했겠지. 그러므로 그 노인은 시들어가는 동안 아무에게도 들키지 않았다. 죽음 곁에 자신의 삶을 놓아두었을 뿐.

엄마와 아진은 미리 저승 체험을 하는 것 같은 기분이 들었다. 애초에 자유의지를 가진 공짜 따위는 존재하지 않았다. 인플루언서가 잘못된 정보를 흘린 것이다. 그러니까 둘은 공짜로 받은 것이 고작 각 한 평짜리 몸 뉘일 공간뿐이었다.

'이곳이 내가 살 곳이라고?'

그곳은 아이러니하게도 눈을 파르르 떨며 열게 뜨는 순간이면 우거진 넓은 숲속에 누워 있는 기분을 들게 했다. 너무 어두웠기 때문에. 하지만 몸만 조금만 뒤집으면 알 수 있었다. 이 숲은 한 평짜리고, 한 그루의 나무가 뿌리를 내리기에도 버거운 곳이다.

엄마와 아진은 비좁은 숲을 더 넓히고 싶었다. 그래서 가진 것을 다 털어 각각 한 평씩 더 구매해서 총 네 평을 합치겠다고 했다. 하지만 안 된다고 했다. 이곳 특성상 동반 살림은 열 평 이상부터 된다고 했다. 그래서 둘은 가족임에도 살 부딪치며 살 수 없었다.

아주 오래전에 아진은 나온 지 백 년도 넘은 영화의 줄거리를 들은 적이 있다. 할머니가 자기가 가장 좋아하는 영화라며 이야기해주었다. 우비를 입은 킬러와 마굴에 사는 가난한 경찰의 사랑 이야기라고 했다. 이제 아진은 마굴에서 사랑이 이루어질 수 있다는 것이 믿어지지 않았다. 역시 예술은 예술로서 가치가 있고, 현실은 배를 곯던 쥐가 자기 새끼를 잡아먹는, 바로 저

게 진짜 현실이다.

아진의 하루는 무척 단순하다. 아진은 잠에서 깨도 몸을 일으킬 수 없었다. 아진은 몸을 뒤척일 수 없었다. 아진은 개인 화장실을 사용할 수 없었으며 정해진 시간이 아니면 세탁을 할 수도 없었다. 아진은 일자리를 얻을 수 있었지만, 데저트랜드에는 아진이 원하는 일자리가 없었다. 그러므로 아진은 필연적으로 가질 수 있는 것이 아무것도 없었다.

아진의 엄마도 마찬가지였다. 하지만 아진의 엄마는 남자와 잠자리를 가질 공간이 없을 뿐이지 사랑할 수는 있었다. 삶이 푸석하지만 선크림을 바를 수는 있었다. 그리고 땅 깊숙이 박힌 주변의 보도블록이나 콘크리트 파는 일을 할 수 있었다. 콘크리트는 잘게 쪼개어 반타빌리지의 견고한 외벽을 더더욱 견고하게 만드는 데 쓴다. 콘크리트를 파서 나온 숨겨진 땅에 농작물을 심는 것도 아진 엄마가 할 일이었다.

아진의 엄마는 마굴의 삶에 대해 생각한다. 체험에 대해, 암막을 치지 않아도 생겨난 어떤 어둠에 대해 생각한다. 그러나 저기 저 언덕 위의 데저트랜드 부촌을 보면 화가 솟구친다. 그들은 더 안락하게 24시간을 맞이할 것이고 더 안락하게 자신들만의 커뮤니티를 생성하겠지?

아진의 엄마는 문득 아주 어린 시절 할머니가 데려가던 레스토랑을 생각해낸다. 웨이터가 있었고, 그는 팁을 받기 위해 "아름다운 공주님은 무엇으로 드시겠어요?"라는 찬사도 잊지 않았다. 아진의 엄마는 어른을 따라 미디엄 웰던을 시켰다가 핏물이 잔뜩 나오는 고기를 씹으며 '다시는 스테이크를 먹지 않겠어!'라고 다짐했던 것을 떠올린다. 그리고 그 말은 현실이 된다. 그의 마음과 다르게. 스테이크는 세상에 존재하지 않게 되니까. 그런데 저 집 사람들은 우아하게 스테이크를 썰 수도 있을 거라는 생각에 분노가 치솟는다.

"소식 들었어? 아감마 그 새끼, 저기 저 부촌에 산대."

사실 아감마를 믿은 것은 정거장 사람 전체였다. 천문학자는 고대에도 늘 일반인들에게 미래를 알려줄 거라는 기대감과 고양감을 가지게 했었고, 그들은 그걸 믿었다.

"두 번째 달이 왔으면 가는 날도 있을 거 아니에

요. 알려주세요, 제발."

아감마는 사람들에게 주문을 외우게 했다. 지금은 태양계 외부의 행성이 다시 중력으로 이끌어주는 것 말고는 방법이 없다며 외계의 생명체나 행성에 대해 이야기했는데, 너무 과학적인 설명 탓에 사람들은 모두 속고 말았다. 그래서 다들 매일 아감마의 천문학 명강의를 듣기 위해 한 손에는 성경, 다른 한 손에는 아감마의 말씀과 펜을 들었다. 아감마는 이상한 주문, 케플러, 트라피스트, 스페쿨루스, 글리제, 엑소문을 연이어 외치게 했고, 그들 사이에 지구인들이 가서 살고 있을 수도 있다고도 했다.

그때 한 사람이 포문을 열었다.

"그 사람들은 우리의 기도로 언제 도착하나요?"

"이 주문을 기억하는 자가 없을 때까지요."

"빛의 속도로 가도 몇만 년이 걸리는 거 아시죠."

"선생님, 그럼 빛의 속도란 얼마인가요?"

"이 순간이 빛의 속도예요. 눈 깜짝할 새."

"아감마, 그럼 우린 무엇을 바라야만 하나요?"

"다른 별의 중력을 끌어들여 그것으로 저 미친 LHS3844b가 외부 행성 혹은 태양 속으로 빨려 들어가도록 제가 온 힘을 다해 연구하겠습니다."

"선생님, 저희는 뭘 하면 될까요?"

"연구에만 집중할 수 있도록, 작은 재물을 나누어 주셨으면 합니다. 아시다시피 중세 때부터 훌륭한 과학자들은 귀족의 지원을 받아 놀라운 이론과 성과를 이룩하지 않았습니까."

"네, 선생님. 저희가 일해서 모은 재물을 매주 조금씩 나누어 드릴게요. 그러니까 연구에만, 오로지 연구에만 전념해주세요."

아감마에게 재물을 상당수 빼앗긴 신도들은 분노했다. 하지만 분풀이를 할 수는 없었다. 아감마는 저쪽, 경비가 삼엄한 부촌에 살고 그들은 마굴에 산다. 다른 구역 사람들에게 저 사기꾼 때문에 우리가 마굴에 사는 것이라고 토로해보았지만 소용없었다.

"이 환란에 그 말을 믿은 당신들이 등신이지."

때문에 분노 속에서도 정거장 6 사람들은 이를 악물고 화를 참았다.

대부분이 아감마를 따라왔는데 정작 아감마는 만날 수 없었다. 이제 사람들은 믿음조차 연명할 수 없게 되었다. 그들의 삶을 지탱해주던 것은 오로지 믿음이었는데. 아감마는 어째서 이 환란 속에서 우리를 보러 내려오지 않는 걸까. 얼굴 내밀기 한 번 손짓 한 번이면 우리는 다시 믿음을 부여잡고 온 세상을 떠돌 수 있다고, 당신의 연구를 응원한다고 말할 수 있는데. 우리는 그 좆같은 희망이 필요했던 건데, 아감마는 왜 그 희망조차 주려고 하지 않는 걸까.

"씨발, 저 새끼 죽일까?"

"아진 엄마, 참아. 아진 엄마가 무슨 수로 아감마를 만나."

"그래, 데저트랜드라고 다 같은 데저트랜드가 아냐. 저긴 다른 나라다, 생각해."

다른 나라 데저트랜드. 아감마가 살고 있는 그곳. 그곳은 24시간을 모르는 괴로움이 없다. 문명도 누릴 수 있다. 반타블랙 페인트를 칠한 저택이 있고 집집마다 스콜 때마다 빗물을 받아놓은 물탱크가 있고 태양열 에너지원이 있다.

다른 나라 데저트랜드는 데저트랜드를 짓는 데 혁혁한 공을 세운 자에게 하사되거나 돈으로 살 수 있다고 들었다. 다른 나라 데저트랜드에는 언제나 그곳을 지키는 가드가 있고 그 가드는 늘 지켜본다, 우리를.

우리는 그들의 식탁을 알지 못한다. 그들의 하루도 알지 못한다. 보나마나 열한 시 삼십 분쯤 일어나서 반타블랙으로 칠한 창문을 활짝 열고 요가나 필라테스를 하겠지. 아침엔 오트밀을 넣은 요거트를 두 입 정도 먹고 "어머 자기야, 나 요즘 너무 헤비해지지 않았어?" 하고 묻겠지? 그럼 남편은 "늘 섹시한데?" 하며 입술에 뽀뽀나 두 번 하겠지. 그럼 "으음~ 농담두" 하면서 서로 간지럼이나 태우다가 너무 넓어서 몇백 보는 뛰어야 하는 집에서 술래잡기를 하고, 언제나 웃음이 떠나지 않겠지. 노동은 우리의 몫이니까. 그들이 하는 일은 우리를 통제하는 것이니까.

그러니까,

애초에 신분도 뭣도 다르게 태어난 우리는

매일 이렇게 다른 당신들을 상상한다.

아감마의 하루도 상상한다. 우리에게서 빼앗아간 돈도, 천문학자라는 그럴듯한 타이틀도 있으니 그는 별 보는 일을 게을리할 것이다. 더는 정거장 6에서처럼 절박하지 않겠지. 아감마는 문약하고 별 볼 일 없는 학자이기 때문에. 그러나 머리가 다른 쪽으로 비상하니까 커피나 내려 마시고 와인이나 위스키, 버번을 마시면서 하루를 어떻게 마무리할지 생각할 것이다. 이젠 밤이 오지 않으니까. 밤이 오지 않는 곳에 천문학자가 왔다는 것 자체가 사실 모든 것을 포기했다는 것이나 다름없다고 느낄 것이다.

그는, 그러니까 그는, 가만히 침대에 머리를 대고 오로지 태양계라는 행성들과 대면할 뿐이다. 태양과 자신, 지구와 자신을 괴롭혔던 두 번째 달 따위는 자세히 보이지도 않는 그 서식지에서, 아감마는 편히 누워 생각할 것이다. 이제 쇼는 끝났다고.

아진이 쪽잠을 자는 사이 위에서 흔들흔들 흔들거렸다.

아진은 이 흔들림에 이제 익숙하다.

아진은 위를 향해 발길질을 한다.

"아 씨바, 이렇게 비좁아 터진 데에서 애를 만들어서 어쩌자는 거예요."

아주 오래전, 심리학자 존 칼훈은 쥐에게 먹이를 충분히 공급하는 상태에서 서식하는 공간만 제한하는 실험을 했다. 서식밀도가 일정 이상이 되자 쥐들의 행동이 달라지기 시작했는데, 대표적인 것은 다음과 같았다.

양육 포기. 새끼 학대. 이상 성애. 연쇄 강간. 집단 강간. 평소엔 정상적이나 가끔 흉폭해짐. 히키코모리. 보금자리 꾸미는 능력 상실. 살서. 식서.

이상행동들로 인해 군집은 붕괴되었고 개체수 또한 계속 줄어들었다. 서식밀도가 일정 이하로 떨어지기 전까지 쥐들의 이상행동은 계속되었다.

마굴에 산다는 것은 그런 것이다. 이상행동을 하고, 이상행동을 하면서도 자신이 무엇을 하는지 알지 못하는 것. 새끼를 학대하는 사람들의 이야기를 들어본 적 있는가? 그들은 이렇게 말한다.

"나도 그때 얼마나 살기 힘들었는지 아니? 네가 내 말도 안 듣고."

죄는 신이 내려오지 못해 인간을 빚은 어머니에게는 없고 오직 태어난 자에게만 있다. 그러므로 제 엄마의 마음을 아진은 충분히 이해한다. 엄마가 자신을 돌보지 않아도, 그것은 정상 군집이 아닌 이상 군집이기 때문에 있을 수 있는 일이다. 문제는 우리는 밀도가 높고, 사람들끼리 뭉쳐 살고 있다는 것이다. 그래서 마음대로 죽거나 살 자유가 없다.

슬픔에도 돈이 든다고 하지만, 아진은 이제 그 말을 다르게 고치고 싶다.

돈이 없어서 자유가 없어? 그럼 돈을 벌어야지. 당신은 절대로 벌지 못하는 방식으로.

아진은 데드샌드라는 조직에 들어갔다. 두 평짜리 방을 벗어날 수 있다면 못 할 것이 없었다.

"누가 그러던데, 저 조직의 수장은 저기 저 부촌에 산대."

"아감마와 같이?"

"응."

"창립자와 같이?"

"응, 같이."

"그럼 범죄자도 공평하네?"

"뭐가 공평하다는 거야?"

"돈만 있으면 다들 저렇게 좋은 집으로 이사 갈

수 있다는 거잖아."

그러나 신입인 아진이 데드샌드에서 할 수 있는 일은 별로 없었다. 조직은 초고밀도로 연결된 광케이블을 훔치는 일을 주로 했고, 아진은 망을 봤다.

그리고 광케이블을 통해 모든 소식을 보았다. 에어포켓의 현재도, 한 영국인의 모습도. 아직도 남아 있는 에어포켓이 존재한다는 사실이, 고요히 신사로서 죽음을 맞이하기로 했다던 영국인이 스트리머가 되어 아무도 보지 않는 영상을 업로드한다는 사실이 참혹하기까지 했다. 아진이 그의 영상을 보고 난 뒤, 영국인은 다음 영상에서 조회 수가 1로 올랐다며 백작의 귀품은 다 내려놓고 리액션 댄스를 춰댔다.

아진은 생각했다. 세상이 아직 살아 있다는 것을 알았다면 나는 데저트랜드로 왔을까? 의미 없는 고민이었다. 이미 돌아갈 길은 막혔고, 인플루언서는 자신의 소임을 다했다는 이유 하나만으로 반타블랙으로 칠한 칠흑 같은 어둠 속에서 24시간을 지키며 고유한 삶을 살고 있다. 아진은 고유한 삶을 영위하는 것은 오직 자본에서만 비롯될 수 있다는 것을 자신이 왜 여태 몰랐는지 모르겠다고 자책했다.

어느 날, 광케이블을 더 뜯어내기 위해 조직은 용감한 사람을 색출한다.

"너희 중 누가 가장 숨을 잘 참는가. 너희 중 누가 고산병에 시달리지 않지?"

아진은 용감하게 손을 든다.

"저요."

"그래, 근데 넌 못 보던 애인데?"

"아진입니다. 장아진. 6구역 출신."

"출신지는 말하지 않는 게 좋지. 위화감을 안길 뿐이니까, 누군가에게는."

누군가가 껴들었다.

"6구역 출신이면 최근에 온 애들 아닌가? 잘 먹고 잘 살고, 선택도 할 수 있었던."

또 다른 누군가가 껴들었다. 그러자 또 또 다른 누군가가 말했다.

"멍청이 아냐? 다 퍼준다던 아이스랜드로 갔어야지."

그 누군가의 말에 아진이 대답했다.

"돈으로도 못 사는 자유가 있다고 그랬어요."

"돈이 없는데 어떻게 자유를 사. 바보 아니야?"

누군가들은 아진을 앞에 두고 웃고 떠들었다. 아진은 차분히 손을 들고 질문했다.

“제가 숨을 오래 참아서 해저 광케이블을 끊어 오면 보스는 제게 뭘 해주실 거죠?”

“자유를 주지.”

“자유?”

“네가 그랬잖아, 자유를 갖고 싶다고. 돈이 있어야 네가 자유를 살 수 있을 거잖아. 난 돈을 줄게. 넌 그걸 착실히 모아서 자유를 사는 거야. 알겠어?”

정거장 6은 유난히 공기층이 얇았던 곳이어서, 아진은 고산지대에서 태어난 거나 다름없었다. 에어포켓에서 태어났으니 늘 해발 4,700미터에 있는 것이나 마찬가지였던 것이다. 그래서 조금만 걸어도 숨이 차는 등의 일이 아진에게는 있을 수 없었다. 아진은 걸음이 아주 빨랐고, 운동을 좋아했고, 사람들을 깜짝 놀라게 하는 일을 누구보다 좋아했다. 이번에는 진짜 깜짝 놀랄 거야.

해수와 담수가 뒤섞인 바다에서 눈을 뜬다는 것은 그다지 고통스러운 일이 아니었다. 그저 빨리 케이블을 찾아야 했다. 케이블이 묻힌 곳을 아무도 알 수 없었기 때문에 조직은 케이블 찾는 일을 늘 조를 나누어 어림짐작으로 진행하고 있었다. 아진은 조직원 중에서도 가장 오래 잠수할 수 있었다.

아진은 물속에서 드디어 자유로워졌다. 하지만 바닷물은 아진을 부유하게 만들지 못한다. 그래서 내려갈 수 있는 데까지 내려가고, 거기서 사람의 흔적을 찾는다. 그리고 다음 사람에게 알린다. 아진이 쉴 동안 다른 사람이 바다에 들어간다. 그동안 아진은 다른 사람이 자신이 지나간 흔적 속에서 광케이블을 찾았다고 소리칠까 조바심이 났다. 그러나 들키지 않으려 애를 썼다. 그래도 자유는 물속에 가장 오래 온전히 머물렀던 자신의 몫이라고, 아진은 조심스럽게 생각했다.

몇 명의 사람이

잠영했다

나왔다 나왔다

들어갔다 들어갔다를

반복했다.

"찾았다!"

아진은 한 묶음의 광케이블을 들고 나왔다.

"보스, 이 정도면 가격이 어마어마할 텐데요."

"그러게."

그 말을 들은 아진은 필사적으로 광케이블을 등 뒤로 숨겼다.

"뭐 하는 거야?"

누군가가 아진의 행동을 저지했다.

"토껴봤자 네가 어디로 가겠냐? 반타빌리지로 가지 않는 이상 숨을 곳은 없어. 그 사람들이 널 숨겨 줄 것 같아? 이리 안 내놔?"

또 다른 누군가는 아진에게 겁을 주었다.

"나는 정당한 대가를 받고 싶을 뿐이에요."

아진은 광케이블을 더욱 꽉 쥐었다. 그러자 보스가 성큼 아진의 곁으로 왔다.

"너, 그게 얼마어치인 줄 아냐?"

아진은 고개를 저었다.

"그럼 얼마를 받을 수 있는지는 아냐?"

아진은 고개를 저었다.

"그럼 그걸 사는 곳이 어디 있는지 아냐?"

아진은 고개를 저었다.

"그럼 그걸 어디다 쓰는 줄은 아냐?"

아진은 고개를 저었다.

보스는 웃었다.

"그래, 너는 그걸 필사적으로 자맥질하며, 네 목숨을 걸어가며 구했다. 근데 용도는 하나도 모르고 시키는 대로만 했구나. 그럼 시킨 사람이 주는 값만 받아야지, 왜 더 받으려고 해. 배짱은 봤다. 네 목숨값은 방 한 평이다."

이제 아진의 숲은 세 평이 되었다.

아진은 숲을 모르지만, 귓바퀴 뒤에 손을 대면 고둥 소리가 나는 것처럼 앞머리를 물속에 첨벙 담갔다가 탈탈 털어 말릴 때 왜인지 나뭇잎이 부딪치는 소리가 나는 듯했다. 침참하고 고요하다. 찰랑찰랑, 침엽수가 이마를 내리치는 느낌이 든다. 고작 한 평이 넓어졌을 뿐인데 아진의 숲은 이제 엄마의 숲과 조금 떨어지게 되었다.

짐을 꾸려 세 평짜리 콘크리트 아파트로 건너가던 날, 엄마는 좋은 것이 있으면 엄마에게 먼저 주지 않는 싹바가지 없는 년이라고 아진을 욕했지만 아진은 두 다리를 뻗을 수 있고 작은 협탁을 놓을 수 있는 내 공간이 있다면 그걸로 충분하다고 생각했다. 그래서 내일부터는 더더욱 목숨을 걸기로 했다. 이제 아진의 목숨값은 광케이블이다.

광케이블의 값은 과거와는 다르다. 지금은 1미터에 다섯 평에서 일곱 평 정도다. 음식이나 먹거리로 환산한다면 햅쌀로 만든 음식을 먹고 수경재배로 키운 채소를 먹거나 고급 세컨핸즈숍에서 멋진 옷을 쇼핑백이 터질 때까지 사서 입을 수 있을 것이다. 그러나 그 누구도 광케이블을 의나 식으로 바꾸지 않는다. 모든 것은 주로 연결된다.

아진은 광케이블의 용도를 영영 알아내지 못했지만, 그것의 가격이 1미터당 일곱 평까지도 갈 수 있다는 사실을 알고는 자신이 얼마나 한심하게 일을 했는지 분노할 수밖에 없었다. 그러나 보스의 말은 옳았다. 스스로가 아는 만큼의 일을 하고 그만큼의 가치를 받는 것은 당연하니까. 그래서 내가 지금 여기 있는 것이겠지. 이 작은 세 평짜리 숲속에.

그 후, 왜인지 보스의 신임을 받게 된 아진은 보스와 함께 삶을 지속했다. 아진은 우선 보스가 후려치고 있는 광케이블의 진짜 가격에 대해서 상세히 알고 싶었다. 자신에게서 떼어가는 커미션을 줄일 수 있다면 더 빨리 더 큰 집으로 갈 수 있으니까. 세 평짜리 숲이 아니라 말 그대로 숲으로, 지대로 뻗어 나갈 수 있는 것이다. 그래서 아진은 모든 생활용품의 가격을 기록하고 아낄 수 있는 만큼 아꼈다.

최근 아진이 새로 알게 된 조금 충격적인 사실은 빚을 지면 방 크기가 깎이기도 한다는 것이었다. 아진은 부동산의 무서움을 새삼 체험하고 있는 중이었다. 땅을 잘못 사서가 아니라 돈을 잘못 굴리거나 사고 싶은 걸 다 사도 패가망신하여 결국에는 한 평도 가지지 못할 수 있다는 건데, 그때는 아진이 처음에 데저트랜드에 왔을 때 본, 죽을 줄 알고도 먼바다로 힘껏 팔을

젓던 그 사람들이 되어버리는 것이다. 그래서 아진은 땅 살 돈을 모으기 위해 최대한 절약하고 최대한 악착같이 보스의 곁에 붙어 있었다.

아쉽게도 모든 일은 보스가 처리한다. 그는 상층과 하층을 연결하는 브릿지다. 상층의 더러운 일이 하층에 오고, 아진과 다른 사람들은 그 일을 받아 행한다. 그리고 대가로 부동산을 받는다. 이것이 보스가 반타빌리지에 사는 것이 전혀 이상하지 않은 이유다. 누구나 그를 암살하고 싶어 했지만, 상류층과의 두터운 신뢰는 쉽게 쌓일 수 없다. 그럼 이 사회는 처참하게 무너질 것이다. 그걸 아는 이상 고이율의 커미션에도 "감사합니다, 보스" 하고 머리를 조아릴 수밖에.

아진이 두 번째로 광케이블을 가지고 온 날이었다. 이제 아진은 더는 사색할 시간이 없었다. 집이 더 넓어져야만 했다. 모아둔 돈을 다 쓴 덕에 두 평짜리 방으로 쫓겨나기 직전이었기 때문이었다. 아진은 이 안락한 세 평짜리 방을 유지하기 위해선 항상 네 평에서 다섯 평의 땅을 살 돈이 필요하다는 것을 직감했다.

"이번에는 알아왔습니다."

"무얼?"

"우선 인정하셔야 할 거예요. 저만큼 광케이블을 잘 찾는 조직원은 없어요."

"인정하지."

"저는 이 광케이블의 가격을 알았습니다. 보스의 몫을 떼고도 원래 제 몫으로 얼마가 떨어지는지 알아요."

"잘됐구나. 얼마지?"

"1미터에 일곱 평. 다들 몰랐죠?"

아진이 으스댔다.

"다들 대충 알 거다. 너처럼 첫날에 실망했을 테니까. 그런데 왜 지금은 불만을 가지지 않는 줄 아니? 나는 오래 일할수록 돈을 조금씩 더 주거든. 네가 충성심을 보여야 너를 더 믿고 쓰지 않겠니? 쓸 만한 애인지 알아야 더 써먹지."

"오늘 정도면 충분하다고 보는데요."

"이 정도로? 내가 사람을 잘못 봤네. 너 오늘 마지막으로 일하고 싶니?"

"아니요, 보스."

아진은 납작 엎드려 빛나는 구두에 비치는 보스의 표정을 살폈다.

보스가 곧 스스로 침묵을 깼다.

"오늘은 세 평. 배짱이 마음에 들어."

아진은 집으로 돌아와 한 평을 다시 채우고 두 평을 적립했다. 앞으로 살아가려면 두 평의 땅을 살 만큼의 돈이 필요하다. 두 평 치 돈을 엄마에게 줄까 생각도 해보았지만, 이사한 이후로 엄마를 본 적이 없다. 사실 엄마를 볼 필요도 없다. 엄마를 볼 이유도 없다. 모두가 이곳에 간다고 저를 여기로 끌고 온 장본인이니까, 알고 싶지 않았다.

나는 엄마의 부속품이 아닌데, 왜 엄마를 위해 움직여야 하지?

♣

아진은 제 의지대로 정거장 6에 남겨진 후의 자신의 삶에 대해 생각해본다.

내 삶은 온건했을 것이다. 목소리를 울리지 않고도 바다를 부르고, 어떤 공기 속에 머물지 않고도 고요히 잠들었으리라. 마지막 숨이 끊어질 때까지 작은 말다툼도 없는 세계에서 가만가만 앉아서 지지 않는 해를 바라봤으리라. 그리고 생각했겠지. 나 별은 못 보고 가겠구나. 우리가 별을 보던 그때, 너무 춥다고 저 별 따위는 전부 사라져 버렸으면 좋겠다고 말했던 그때를 떠올리며, 내 인생에 있었던 열일곱 번의 별을 떠올리며 아주 반짝이던 그 별 곁에서 결말을 짓지 않아 괜찮았던 이야기에 대해 이야기하겠지. 나를 비추는 가장 큰 별 태양에 대고 속삭이겠지. 사랑해. 이 말은 누구한테 해야 할까. 죽기 전에 사랑한다는 말은 꼭 남기고 싶어. 이 말을 내가 가장 아끼는 사람에게 남길 수 있다면, 그걸 들을 사람은 이린인데.

그 애는, 그러니까, 말로 표현할 수 없는 애다. 사탕수수와 타로 뿌리를 좋아하던 애. 독서를 좋아하고 슬픔에 폭 빠져 사색을 좋아하던 그 애는 샤프보다는 사각사각 살이 깎여나가는 연필을 좋아한다. 할머니들이 유물로 남기고 간 고전영화를 좋아한다. 우리 할머니와는 다르게 짧은 것보다는 긴 걸 좋아해서, 언제나 긴 골목 위에서 혼자 외따로 서서 주인공이 아무것도 하지 않아도 괜찮은 영화를 좋아했다. 이린은 그 침묵을 좋아한다고 했다.

사색을 좋아하니까 주인공의 시간에 이린도 다

른 생각을 할 테지. 그 생각은 무엇이었을까. 이제야 생각한다. 이렇게나 다른 나와 쌍둥이가 되고 싶다고 한 네 마음은 뭘까.

나는 이렇게 악착같이 살아서 너를 생각하는데, 너는 아이스랜드에서 잘 적응했을까? 했겠지. 적응하지 못해도 아무도 모를 거야. 넌 침묵의 귀재니까. 하지만 난 알지. 네가 뭘 불편해하는지. 나는 네가 블루베리를 불편해한다는 것도 물러터진 옥수수를 불편해한다는 것도 개미를 불편해한다는 것도 높은 베개를 베면 잠을 뒤척이다 결국 깨어버린다는 것도 다 알지. 그러니까 이린아, 지구 반대편에는 누군가 너를 가장 잘 아는 사람이 있다는 것을 잊으면 안 돼.

거기까지 생각한 후, 아진은 거실 등에 목을 매고 집 안에 있는 유일한 의자 위로 올라가 의자를 툭 걷어찼다. 그런데 그만 연약한 선이 툭 하고 끊어지고 말았다.

불도 꺼지고, 막도 내려가고, 인사까지 다 끝냈는데.

덤이 된 아진은 전보다 더 계산 머리가 비상해졌다. 그래야만 했다. 이전의 죽음과 동시에 정거장 6을 마음에 묻었다. 엄마를 묻었다. 모두를 묻고 오직 조직에 충성하는 자가 되기로 했다. 조직에 충성하면 조금 더 큰 집에 갈 수 있다. 조금 더 큰 집에 가서 조금 더 큰 것을 누릴 수 있다.

우선 시작은 이 세 평짜리 숲이다.

세 평 이상의 숲에서 남은 돈은 모두 저금한다.

아진은 포스트잇에 이렇게 써서 벽에 붙였다.

이후 조직에서 아진이 맡게 된 것은 인간으로서 죽거나 할 일이 아닌 중책이었다. 몇 번은 바다에 들어갈 일이 있었으나 관리책으로 들어갔을 뿐, 더는 육탄 방어전에 나가지 않았다. 아진은 데저트랜드의 정보를 빼돌리는 중요한 사업을 담당하게 되었다. 조직에게 사랑받기 위해 정보를 수집하고 그 정보를 조직에 전달하는 역할이었다. 아진의 세 평짜리 숲은 가장 안전한 전초기지가 되었다.

아진은 자신을 상류층으로 올려줄 보스를 처단하려는 자를 미리 감시하고, 예민하게 포착하고, 정리 대상으로 적어 넣었다. 그렇게 신임을 얻은 덕분일까. 반타빌리지에 갈 일도 종종 생겼다. 반타빌리지 사람들은 아진을 혐오하는 눈으로 바라보는 것을 꺼리지 않았으나, 아진은 상관하지 않았다. 거기서 누구를 내쳐서 내 집으로 처넣을까 하는 생각만 했을 뿐.

반타빌리지는 새까만 외관을 제외하면 안은 환하고 눈이 부셨다. 99.9999퍼센트의 빛을 흡수하는 반타블랙 페인트 덕분에 그들은 밤을 영유하고 있었다. 밤을 영유하면서 창문을 열고 언제나 낮인 바깥을 만끽하고 있었다. 안대 없이도 24시간이라는 생체리듬을 유지할 수 있었다.

그중 가장 웃긴 새끼의 집은 아감마의 집이었다. 아감마는 집 내부까지 온통 반타블랙으로 칠해놓고 밤을 모사하고 있었다. 분필로 별까지 그려놓았다. 아진은 이렇게 물을 수밖에 없었다.

"선생님, 왜 집 안까지 반타블랙으로 칠하신 거예요?"

"저는 원래 천문학도였답니다. 밤을 좋아했거든

요."

"아니, 그럼 아이스랜드로 가시지. 거긴 늘 밤인데. 왜 여기 오셨어요?"

"으으음…… 추운 게 너무 싫어서 그랬어요. 별 볼 자유도 없다고 하고. 여기서 그려서 보는 게 더 자유롭지 않겠어요? 밤의 별들은 내 머릿속에 다 펼쳐져 있으니까."

아진은 아감마를 죽이고 싶었지만 죽이지 않았다. 여기서 자신의 정체를 드러내면 안 된다고 생각했다. 최대한 상류층과 가깝게 지내서, 상류층의 허가를 받아서 좋은 집으로 올라가겠다는 마음 하나만 남겼다. 아진은 이를 악물고 숲으로 돌아왔다.

세 평 이상의 숲에서 남은 돈은 모두 저금한다.

아진은 이제 스물네 평짜리 집에서 살 수 있게 되었다. 먹지도 자지도 않고 일만 한 결과다. 하지만 반타빌리지로 가려면 쉰여섯 평어치의 돈이 필요하다. 누군가의 말로는 그사이 아진이 다섯 번의 생일을 맞이해 어른이 되었다고 했다. 근데 이것도 말뿐, 아무도 시간을 알지 못한다. 저 반타빌리지의 사람들은 시간마저도 정확하게 알 수 있는 권력을 가졌다. 그 누구도 오늘을 모를 때도, 내일과 모레의 간격을 알 수 없을 때도 반타빌리지 사람들은 안다.

그때, 보스가 아진에게 스무 살 생일을 축하한다고 했다. 그제야 아진은 자신이 데저트랜드에 온 지 삼 년이 지났다는 것을 알았다. 두 살 속은 기분이었다. 하지만 속은 것은 나이뿐만이 아니었다. 조직은 아진에게 아주 조금씩, 희망을 빼앗고 있었다.

"스물네 평만큼 모았대. 지독한 년."

"그래 봤자 갈 수 있을 거 같아? 너 제이미 알지? 걔도 쉰네 평어치 딱 모으니까 바로 저세상 갔잖아."

"왜?"

"반타빌리지에 남은 자리가 없으니까. 천문학자 양반은 운이 좋았어. 노인네가 죽고 나서 바로 들어온 거니까."

이야기를 엿들은 아진은 애초에 반타빌리지에 갈 수 있는 길이 모두 막혔다는 사실에 크게 절망했다. 아니, 분노했다. 아무리 노력해도 자신은 반타빌리지에 갈 수 없다는 사실에. 돈을 다 모으면 죽음뿐이고, 그 죽음은 형제라고 믿었던 조직원이 주고, 남은 조직원들이 자신이 모은 돈을 고루고루 나누어 갖는다는 사실을 알았을 때, 아진은 적당한 '내 몫'이 있다는 것을 깨달았다. 그럼 평생 이렇게 살아야 한다는 것인가? 나는 진정한 숲으로, 대지로 나아갈 수 없단 말인가?

복종의 결과는 사랑이 아니에요. 어디서 들어본 것 같은 말이다. 아진은 오로지 복종하면 올라설 줄 알았다. 하지만 올라선다는 것 역시 생각해보면 누군가를 복종하게 만든다는 것이다. 아진은 그걸 잠시 잊고 있었다.

아진은 한 가지 이야기를 떠올렸다.

엘리스의 부모는 엘리스가 열여덟이 되던 해에 큰 빚을 지게 되어 엘리스를 어느 귀족의 하인으로 팔아넘겼습니다. 엘리스는 울며 부모님께 빌었지만, 그들은 차갑게 등을 돌렸습니다.

이제 엘리스는 귀족의 집에서 일을 하는 하녀가 되었습니다. 엘리스가 새집에 온 첫날, 춘권은 이렇게 말했습니다.

"여기는 무슨 일이 있어도 일체 말을 하지 않는 것이 규칙이다."

엘리스는 겁에 질려 답했습니다.

"네, 알겠습니다."

시간이 얼마나 지났을까요? 엘리스는 매일매일 춘권을 도왔습니다. 춘권이 시키는 일은 무엇이든 하였습니다. 꽃을 잘라 오라면 꽃을 잘라 오고, 디너 코스를 내오라면 내왔습니다. 이불 빨래는 물론 도자기를 닦는 것도 잊지 않았습니다.

그러나 춘권은 나이가 들었는지 점점 움직이지 않았습니다. 춘권은 계속 이상해졌습니다. 그는 자신이 누구였고 무엇이었는지 알지 못하게 되었습니다.

어느 날이었습니다. 춘권은 조용히 엘리스를 불렀습니다.

"이제 너에게 마지막 명령을 내리지. 나를 제거해라."

"안 되겠어요, 춘권. 저는 정말 못 하겠어요."

"어서. 너는 어떤 명령이든 수행하는 이 집의 하녀가 아니냐."

"못 하겠어요……."

"지금 수행하십시오. 제거하십시오!"

그 말에 엘리스는 춘권의 복부를 칼로 찔렀습니

다. 이제 엘리스의 마음속에는 어떠한 생각도 감정도 남아 있지 않았습니다. 춘권의 명령은 너무 순간적이었고, 엘리스는 부엌으로 천천히 내려가는 것을 좋아하는, 매우 좋아하는 하녀였으므로 아주아주 천천히 부엌으로 향하는 계단으로 굴러떨어질 수 있도록 춘권을 떨어트렸습니다.

엘리스는 마지막 명령을 제대로 수행했습니다. 그러자 주인 어르신이 와서 말씀하셨습니다.

그래, 이제 네가 춘권이다.

그럼 우리 보스가 죽거나, 내가 보스를 죽여야 한단 말이야?

아진은 자신 앞에 놓인 괴로움에 슬퍼했다. 하지만 아직은 때가 아니다. 보스는 남자다. 아진은 여자다. 보스와 싸우면 체력적으로 이길 수 없다. 아진은 아직 신입이다. 같은 편도 없다. 보스는 신입이 아니다. 오늘 보스가 죽더라도, 자신이 반타빌리지를 가질 수 있는 것은 아니라는 사실을 아진은 알아챘다.

누구 집이 제일 먼저 빌까. 아진은 반타빌리지의 늙은이부터 셌으나, 잘 먹고 잘 잤으니 일찍 죽을 리가 없다는 결론에 섰다. 가는 데 순서 없다고, 역시 위험한 일을 도맡아 하는 우리 보스 명줄이 가장 짧다. 그럼 내가 보스의 오른팔이 되려면 생일이 몇 번 지나야 할까? 아니, 얼마 걸리지 않을지도 모른다. 지금까지는 돈을 모으느라 주위를 살피지 않았지만, 살핀다면 달라질 수 있다, 충분히. 그럼 난 그때까지 뭘 해야 하지?

"아진아, 너 이거 알아? 영지버섯."

"영지가 뭔데?"

"왜 있잖아, 이렇게 나무밑동에서 자란 걸 뚝 떼다 말려서 오래도록 먹는 거."

"와, 신기하다! 엄마! 엄마! 여기도 있어."

"그건 따면 안 돼."

"왜?"

"콘크리트 벽에서 자라는 영지버섯은 독성이 있어서 잘못 먹으면 큰일 나. 아진이는 아무리 배가 고파도 절대로 따서 먹으면 안 돼. 알겠어?"

"응."

아진은 콘크리트 빌딩 숲 옆을 지나갔다.

"버섯이 왜 이렇게 많아? 뽑아도 자라고, 뽑아도 자라고."

그때 아진의 머릿속에 엄마와의 대화가 떠오른 건 우연이었을까?

"아저씨, 여기 있는 버섯 제가 따갈게요. 저 다 주세요."

"아니, 먹지도 못하는 걸 왜 다 따가?"

"저희 엄마가 알려주신 비법이 있거든요. 그렇게 먹으면 돼요. 저 주세요."

"그럴 리가 없을 텐디. 독이 있어서 못 먹어, 아가씨."

"아니에요. 진짜 방법이 있어요. 저 다 주세요. 앞으로도 저 주세요. 아시겠죠?"

아진은 세 평짜리 숲으로 돌아왔다.

아진은 까짓거, 칼이 없으면 만들면 된다고 생각한다.

아진은 세 평짜리 숲에서 질긴 버섯 밑동을 섬세한 손길로 정성스럽게 손질한다.

다음 날, 아진은 칼을 들고 보스의 방을 찾는다.

"보스, 저예요. 제가 취미로 다도를 하는데, 혼자 마시기 그래서 차를 좀 다려왔어요."

"이걸 네가 다렸다고?"

"매일 챙겨 드릴게요. 건강하게, 천천히…… 아주 오래 드세요."

제3장 창백한 푸른 점

△

지금 무슨 생각해? 라는 말로 시작하기로 한다. 나의 하루는 이렇게 시작된다. 무엇을 만드는지 알 수 없는 컨베이어벨트 주위에서 사람의 손길이 닿을 수 있는 곳이면 어디든 모여 공허한 눈으로 단순노동을 한다. 생각이라는 것이 있을 리가 없지. 그러나 케인은 끊임없이 묻는다.

지금 무슨 생각해?

나는 케인에게 올바른 이야기를 하고 싶었다. 아무 생각 없는 사람처럼 보이고 싶지 않았기 때문에 사색이나 골몰 같은 멋진 단어를 내 앞에 붙이고 싶었다. 그러나 내 머릿속은 브레인 포그 상태이고, 그걸 알지 못하는 케인은 내 안으로 걸어 들어와 묻는다, 다시 한번.

“지금 무슨 생각해?”

나는 재빠르게 생각한다.

“어떻게 하면 더 빨리 잘할까, 그 생각 하지.”

“거짓말.”

“왜 거짓이라고 생각해?”

“차라리 오늘 저녁은 오트밀이 아니었으면 좋겠다고 생각했다면 믿었을 거야.”

“아니야, 진짜야.”

“바보야, 여기서 진짜로 성실하게 일하는 사람은 아무도 없어. 말 그대로 밥값을 할 뿐이지. 더 얻을 게 없는데 열심히 일하는 바보가 어디 있어.”

케인은 내 머리를 콩 쥐어박고 밖으로 나갔다.

케인과 나는 여기에서 만난 친구 사이이다. 사실 진짜 친구인지는 모른다. 우리는 나이도 성별도 존재하지 않는 이상한 나라에 살고 있으니까.

여기서 모든 것을 선택하는 것은 아이스랜드의

설립사 YK건기의 규칙뿐이고, 그 규칙을 깨트리는 사람은 맨몸으로 밖으로 나가 얼어 죽는 형벌을 받는다. 얼어 죽는다니 너무 끔찍하지 않아? 예전에 지구가 멀쩡했을 때 가장 추운 도시로 불렸던 베르호얀스크의 이야기를 들은 적 있다. 빨래를 널면 빨래가 꽁꽁 얼어 부서져버린다고. 그럼 우리 몸도 얼음이 되어 산산조각 나버릴까?

뭐, 사실 우리는 사체를 애도하거나 치울 새도 없다. 그들은 규칙을 어겼기 때문에 형벌을 받아 마땅하다. 그러나 케인은 가끔 내가 잃은 무엇을 다시 알게 해준다. 나는 케인 덕에 아진의 빈자리를 채운다.

나는 어둠 속에서 사색하는 것을 좋아하지만, 햇볕이 이토록 그리울 줄은 상상도 못 했다. 인공으로 만든 비타민 D 방은 어딘가 조악하고 슬프다. 그래도 캡슐로 만든 침실에 들어가 잠을 청한다. 두고 올까 고민했던 안대도 착용한다. 모두 여기저기 골고루 누워 빛을 쬔다. 우리는 그걸 '아주 잠깐의 낮'이라고 부르고는 했는데, 그 잠깐의 낮은 우리 삶의 원동력이 되기도 한다. 특히 케인은 그걸 아주 좋아한다. 틈만 나면 비타민 D 방에 들어가 낮을 만끽한다.

“이린아, 너도 들어가자. 저긴 아주 밝고 따뜻해.”

케인이 그렇게 말하면 나는 악의를 품고 “이 어둠 속에서 기술로 만든 빛이 다 무슨 소용이야. 진짜 빛을 너도 알고 있잖아”라고 반박하고는 했다.

“그래도 있는 게 없는 것보다는 나은걸?”

케인은 다시 비타민 D 방으로 천천히 걸어 들어갔다.

우리의 스케줄은 이렇다. 스케줄은 젖먹이나 공부를 해야 할 학생이 아니라면 모두에게 해당되므로, 나와 우리 가족은 항상 스케줄대로 행동하고 있다.

아침 아홉 시에 일어난다. 정리정돈 시간은 십오 분. 문 앞으로 나와 검색대의 스캔을 받는다. 위험물질이 없다는 가정하에 두터운 옷을 다시 입는다. 옆 컨테이너로 이동한다. 컨테이너는 주거 컨테이너와 업무 컨테이너로 나뉘어 있고, 몇 개인지 셀 수 없을 정도로 많다.

요리는 엄마들이 도맡아 하고 위험한 일은 아빠들이 도맡아 한다. 예전 도시 유물 전시관에 있던 1960년대 미국 잡지에서 본 살림의 여왕 미시들처럼, 나의 미래는 청소꾼이나 밥순이로 정해져 있다. 꿈은 허가되지 않는다. 다른 꿈을 꾸려면 정말 뛰어난 실력을 인정받아야 하는데, 그건 이곳에서 공부를 하는 청소년에게만 해당되는 일이다. 그러므로 실력과 자질을 평가받을 수 없는 나는 꿈을 꿀 수조차 없이 청소꾼이나 밥순이가 되기 전에 이쪽 컨베이어벨트에서 저쪽 컨베이어벨트로 옮겨 다니면서 단순노동을 하고 있는 것이다.

점심은 샌드위치로, 먹을 시간이 아주 짧게 주어진다. 대부분 바다에서 많이 잡히는 참치를 넣은 빵에 마요네즈를 잔뜩 바른 것으로, 귀한 채소는 잘게 썰어 맛만 냈다. 나는 참치 샌드위치를 한입에 욱여넣고 다시 일을 하러 간다.

저녁 여섯 시에 일이 끝나면 자유 시간이 주어진다. 나는 책을 읽거나 일기를 쓴다. 늘 똑같은 하루지만 일상의 균열은 언제나 있는 법. 보통은 일상의 작은 틈이나 이곳을 지배하는 기업의 음모에 대해 쓴다. YK 건기는 어떻게 이렇게 단숨에 부자가 되었는지, 우리를 거느리면서 돈은 어떻게 벌고 있는지 모든 것이 신비롭다. 들리는 소문은 소문일 뿐. 나는 매일 그것에 대해 상상한다.

저녁 일곱 시면 저녁 식사가 시작된다. 오트밀과 고영양 탄수화물이다. 그 후로는 YK건기에서 틀어주는 방송이 나온다. 나는 이 시간이 제일 지루하다. 방송은 긍정낙천캘리포니안의 방송보다는 슬프고, 비관론자 아이티인디언보다는 정보력이 부족하다. 한마디로 농담이나 따먹고 있는데, 과실이 영 달지 않다. 떫다. 그 사실이 제일 슬프다. 내가 가장 사랑하는 DJ 둘을 잃어서 슬프다. 이럴 줄 알았으면 후원금이나 빵빵하게 쏴줘서 데저트랜드로 보내 그들이 좋아하던 방송이나 내내 하게 하는 건데. 그들은 어디로 갔을까?

사실 같은 아이스랜드에 있어도 구역이 같지 않으면 상대방의 소식을 영영 알 수 없다. 우리는 우리끼리만 커뮤니케이션을 할 뿐, 다른 구역의 이야기를 알 수 없다. 그 알 수 없음을 우리는 매일매일 반복하고 있는 것이다. 이 알 수 없음이 나의 일상이다.

이제 우리의 구원자, 회사에 대해 이야기를 해야지. 나는 이 회사에 대해 애초에 들어본 적이 없다. 소문에 의하면 6구역 근처에 존재하던 나라 대한민국에서 왔다는데, 굴착기 사업을 하던 기업이었고 평당 십 원도 안 되는 곳에 투자했다가 대박이 났다고 한다. 그래서 지금 왕처럼 군림하며 최소한의 비용으로 이곳을 더 좋은 곳으로 만들기 위해 노력하고 있다는데…….

네, 이것은 아까 본 다큐멘터리에 나온 내용이고요. 나의 질문은 단순히 이렇다. 어떻게 굴착기를 사모으던 회사가 숨조차 쉴 수 없을 수도 있는 땅을 천만 원이라는 거금을 들여 샀을까. 잭팟이 터질 줄 홀로 알고 있었을까. 에이미 엄마는 이렇게 말했다.

"선견지명이 있었던 거지."

아브라함이 뒤이어 말했다.

"과연 선견지명일까? 여기에 공기가 없었다면 아예 맹지였을 텐데? 그냥 어쩌다 터진 거라고."

슈벤이 말했다.

"그러니까 평당 십 원, 이십 원에 팔았겠지? 코인 알지? 이 회사는 그냥 올라가는 일뿐이라고."

리함은 나에게 의견을 물었다.

"그럼 이런 생각은 어때?"

"생각이랄 게 있나? 그냥 이렇게 사는 거지. 어쨌든 감사하잖아. 먹여주고 재워주고 입혀주고."

"맞아, 디자인이 거지 같은 게 흠이지만."

케인이 거들었다.

"맞아, 그건 명백히 흠이야."

우린 까르르 웃었다.

소등하겠습니다.

소등은 밤 아홉 시에 한다.

밤 아홉 시면 우리는 쥐들처럼 몰래 모여 이야기를 나눈다.

쥐새끼 가족이 된다.

서로를 갉아먹지 않으면 안 되는.

앓니를 먼저 들킨 자는 엄마였다.

"나는 역시 우리가 데저트랜드에 가야 했다고 생각해."

"지금 그 말을 해서 무슨 소용이 있는데?"

"난 사람은 원래 뿌리를 박던 곳에 살아야 한다고 생각해."

"우리 삶에 뿌리가 어딨어. 어차피 우리는 정거장이 뿌리인데."

"넌 그럴지 몰라도 엄마는 사람이 뿌리야. 영희 엄마가, 철수 엄마가, 아진 엄마가 다 뿌리지."

"그럼 아감마는?"

"그 문약하신 분이 뭘 알겠니. 기도나 하면서 중력의 힘을 계속해서 공부하겠지."

"아니지, 엄마. 아감마가 중력의 힘을 믿었다면 아이스랜드로 왔어야지. 손을 호호 불면서 새로 흩어진 별자리를 다시 일으켜 세웠어야지."

"아감마 님은 신도가 더 많은 곳으로 자리하신 것뿐이야. 별이 태양 때문에 눈에 보이지 않아도 늘 그 자리에 있는 것은 사실이잖아. 그러니 그분이 어디에 있는지는 상관없어."

엄마는 아감마의 편을 들더니 갑자기 더 낮은 자리에서 기도했다.

"감마, 감마, 감마."

"왜 세 번 외쳐?"

"달도 두 개가 되었으니까 세 번 외쳐야지."

"아니지, 아감마 님께서 사랑해 마지않는 별들을 다 덮으신 태양은 왜 빼먹어?"

"알았어. 기집애, 예민하게 굴기는. 다시 기도하면 되잖아. 감마, 감마, 감마, 감마."

다음 날.

아침 아홉 시에 일어난다. 십오 분의 정리정돈 시간. 문 앞으로 나와 검색대의 스캔을 받는다. 위험물질이 없다는 것을 확인받고 두터운 옷을 다시 입는다. 옆 컨테이너로 이동한다. 이동하며 더욱 어지러워진 별을 본다. 케인이 말한다.

"우리 아버지는 아주 오래전에 행성을 산 적이 있어. 그걸 나에게 물려줬고."

"그런 걸 살 수도 있어?"

"몰라. 인터넷으로 몇억 광년 너머의 작은 돌 하나를 사는 건데, 거기에 자신이 붙이고 싶은 이름을 붙일 수 있었다고 하더라고."

"네 아버지는 이름을 뭐라고 지었어?"

"당연히 장난이니까 '좆까'라고 했지."

"아버지가 산 행성 이름이 좆까란 말이야?"

"응, 지금 좆까는 저기 어딘가에, 내 시야에 들어와 있을지도 모를 일이야. 주인을 보러 온 거지. 난 알 수 있어."

"좆 까네."

"두고 봐, 내 행성이 지구랑 저 등신 같은 두 번

째 달만큼 많이 불리는 행성이 될 테니까."

컨베이어에서는 아무것도 하지 않을 수 있다. 머리를 비우고 잡념으로부터 떨어질 수 있다. 이 물건을 저 물건에 끼우기만 하면 되는데, 다칠 가능성이 있거나 위험하지 않다. 내가 놓치면 뒷사람이 수습한다. 나는 그저 내 몫의 일을 하면 된다. 그러므로 나는 무의 상태가 된다.

없음의 없음이 있다면 있음의 있음도 있겠지. 이곳이 무의 세계라면 나의 세계는 치열할지도 모른다고 감히 짐작한다. 정거장과 비슷한 생태계라고 했고, 다만 우리가 열일곱 번의 낮을 보내는 동안 밤이 왔으니까, 그런 밤이 없는 낮.

그래, 낮에도 아진은 강했다. 뭐든 긍정적으로 이겨내려 노력했고 다 씹어 먹겠다고 했다. 뭘 먹겠다는 건지는 알 수 없었지만. 아진은 플라스틱 페인트 통을 북처럼 둥둥 쳐가며 그 비트에 신세 한탄을 자주 섞었는데, 나는 그것이 너무 웃겨서 아진의 곁을 떠날 수 없었다. 아진은 반에서도 뒤처지고 집에서도, 여러 군집에서도 뒤처진 나를 중심으로 이끌어주었다. 그럼에도 아진은 물고기자리가 되고 싶어 했다. 더 정착하고 싶어 했고, 더 사랑받고 싶어 했고, 더 예민하게 포착하고 싶어 했다. 몇 안 되는 밤이 오는 날이면 우리는 오들오들 떨면서 그런 이야기를 나누었다.

그래서였을까, 너는 무엇이 되고 싶냐는 아진의 말에 나는 네가 되고 싶다고 말했다. 아진은 뒤에 숨겨진 이야기는 몰랐으리라. 네가 되고 싶다는 말 뒤에는 정말 많은 말이 담겨 있었다. 아진과 떨어져서야 고백하자면, 나는 아진을 사랑했다. 아진은 되고 싶지만 끝이 끝이 될까 봐 끝끝내 보고 싶지 않은 존재이기도 했다. 결말을 읽지 않은 책은 영원히 끝나지 않으니까. 나는 아진을 끝끝내 들춰 보지 않았다.

그러나 그것 역시 아진에 의해 무산되었다. 아진은 용기 있는 사람이었으므로 마지막에도 용감했다. 이별 앞에 맞설 수 있었다. 그런데 이상하지. 왜 사람을 사랑하면 다 바보가 될까? 나는 아진 앞에서는 늘 어리숙하고 바보였다. 아진의 구원 없이는 한 길 물속도 걷지 못하였으며 떨리는 두 손을 맞잡지도 못했다. 어느 날은 너무나 아진의 귀가, 입이 되고 싶어 실컷 이야기를 떠들어댔다. 그때 아진은 가만히 내 눈을 보더니 머리를 쓱 쓰다듬고는 "그렇게 애쓰지 않아도 돼, 바보야" 라고 말했다.

그런데 지금 내가 가장 사랑하는 그는 데저트랜드에 있다. 밝은 사람이니까, 누구에게도 무엇으로도 중심이 되었으리라, 나와는 다르게.

나는 아진이 마지막으로 읽은 책의 결말만은 읽지 않았다. 결말을 다 알아버리면 왜인지 아진이 서운해할 것 같았다. 결말은 꼭 아진과 함께 나누고 싶기에, YK건기가 힘을 내어 데저트랜드와의 통신망을 구축하기만을 바랄 뿐이다. 내가 일하는 이 작은 컨베이어의 부품들이 모여, 십만 개, 아니, 백만 개가 쌓여 서른 두 명의 순교자가 그러했듯 순교자를 보내 우리 사이에 연결다리가 생기기를 바랄 뿐이다. 그리고 그 순교자가 아진이 아니기를, 더욱 간절히 바랄 뿐이다.

그래서 아진아, 이 책의 주인공들은 결국 다시 만나게 되니?

밤 아홉 시.

오늘 이를 드러낸 자는 아빠다.

아빠는 내게 이런 말을 했다.

"이린아, 너는 네가 원하는 곳으로 와서 이제 만족하니?"

"만족이랄 게 어디 있어요. 먹고살게 해준대서 선택했을 뿐이에요."

"그렇구나."

"전 오히려 이런 말을 하는 아빠의 저의가 궁금해요."

"그냥 말이다, 살다 보니 여기가 이상하다는 생각이 들어서."

"뭐가 이상해요?"

"먹여주고 입혀주고 재워주는 게 다가 아니잖아."

"배부른 소리. 언제는 그게 다인 것처럼 말했잖아요, 정거장에서는요."

"그러게 말이다. 인간이란 참 웃기지, 만족이라는 게 없으니까. 여기는 비교군이 없다는 게 이상해. 사람은 비교를 하기 때문에 고양감이라는 것도 생기는 거란다. 우리는 다른 사람인데, 어째서 여기는 전부 하나처럼 보일까? 넌 이상하지 않니?"

"아빠, 조용히 하세요. 누가 듣겠어요."

쥐들은 사람의 발소리에 숨을 죽인다.

다시 다음 날.

아침 아홉 시에 일어난다. 십오 분의 정리정돈 시간. 문 앞으로 나와 검색대의 스캔을 받는다. 위험물질이 없다는 것을 확인받고 두터운 옷을 다시 입는다. 옆 컨테이너로 이동한다. 이동하며 더욱 어지러워진 별을 본다.

"케인아, 그거 알아? 나는 눈이 하얗다고 생각했어. 그런데 그게 아니네. 진짜 깊고 끝을 알 수 없는 눈은 푸르구나."

"여기에서 파란 건 그것뿐만이 아니야."

"그럼 뭐가 있지? 작업복도 파란색이고 우리 잠옷도 파란색이지."

"나 농담할 기분 아냐."

"농담할 기분인 줄 알았어."

"아주 오래전에 『창백한 푸른 점』이라는 책을 본 적 있어."

"점? 누가 쓴 거야?"

"지구의 아름다움에 대해 이야기하는 고전 인문서인데 칼 세이건이라는 사람이 쓴 거야. 창백한 푸른 점은 보이저 1호가 찍은 지구를 뜻하는 말인데, 얼마나 시적인지 몰라. 그래서 다 기억이 나."

"미친, 그걸 외운단 말이야?"

"아니, 너무 닳고 닳도록 읽어서 외우게 되었을 뿐이야."

"그래, 그 고전 인문서를 쓴 사람은 망하기 전 창백한 푸른 점을 뭐라고 했어?"

"이렇게 멀리 떨어져서 보면 지구는 특별해 보이지 않습니다. 하지만 우리 인류에게는 다릅니다. 저 점을 다시 생각해보십시오. 저 점이 우리가 있는 이곳입니다. 저곳이 우리의 집이자 우리 자신입니다. 여러분이 사랑하는, 당신이 아는, 당신이 들어본 그리고 세상에 존재했던 모든 사람이 바로 저 작은 점 위에서 일생을 살았습니다."*

"푸른 점 위에서도 가장 푸른 점 위에 우리가 살고 있네."

* 창백한 푸른 점 사진에 대한 칼 세이건의 소감.

“칼 세이건은 알았을까? 우리가 이렇게 파란 나라에 살게 될 줄. 더 푸르고, 더 창백하고, 너무 창백해 앞을 분간할 수 없고, 특수복을 입고도 자유롭게 별을 바라보러 나갈 수도 없는 그런 삶을 살 거라고 상상이나 했을까? 그럴 리가. 그 새끼는 해수면 상승도, 두 번째 달도 피해갔잖아. 엉터리 과학자야. 두 번째 달의 출연까지도 미리 예감했어야지. 한 기업이 산 맹지가 인류 절반을 먹여 살릴 줄 누가 알았겠어? 이럴 줄 알았으면 우리 아버지랑 나도 좆까 행성 대신 안락한 맹지인 여기 옆 땅을 샀을 거야.”

“사도 넌 안 돼.”

“왜?”

“넌 굴삭기가 없잖아. 면허도 없고.”

“아, 맞네.”

나는 다시 일을 한다. 오늘은 새로운 일이다. 오늘의 일은 박스를 뜯고 포장하는 일이다. 물건이 얼마나 나갔는지 수량도 세어야 한다. 컨베이어의 일보다 단순하지 않은 작업이라 매우 어렵다는 생각이 들었다.

이렇게 점차 쓸모 있는 사람이 되어야 한다. 그

러나 튀지 말아야 한다. 과거 딴생각을 했다는 이유로 어떤 사람이 모진 고문을 당하고 숙청당했다는 이야기를 들은 적이 있다. 그 사람뿐만 아니라 일가가 다 몰살되었다지. 생각 없는 오빠까지 죄인으로 만들 수는 없다. 그러므로 나는 오늘도 열심히 일을 한다.

하지만,

이를 드러낸 쥐새끼의 이야기를 누가 들은 모양이다. 아빠는 반역자로서 맨몸으로 컨테이너 밖으로 쫓겨나는 형벌을 받게 되었다. 아빠의 생각을 익히 알고 있었기 때문에 놀라지는 않았다. 생각보다 늦게 들켰다는 것에 놀랐을 뿐이었다.

형식적인 재판이 있었다. 아빠는 반역 조직을 색출하겠다는 회사의 일념하에 무른 땅 위에 누운 채 굴삭기에 다져지는 모진 고문을 당했다.

"추임현, 마지막으로 할 말은 없나?"

"우리에게는 다른 생각을 할 자유와 상상력이 있습니다."

"우리는 자유 시간을 충분히 주었고, 상상을 방해하지도 않았다."

"진정한 자유 시간이란 내가 원하는 때에 가지는 것이고 진정한 상상이란 내가 이룰 수 있을 정도의 꿈에 가까워야 합니다. 그러나 이곳 사람들은 너무 한 사람 같습니다. 당신들은 인구밀도를 핑계로 출산 계획까지도 간섭하지 않습니까?"

"인구밀도를 따지는 것은 당연한 것이다. 시스템을 위해서 그 정도는 희생해야 우리가 다 함께 잘 살 수 있다."

"다 같이 가난한 것이 다 같이 잘 사는 것인가요?"

"그럼 버는 만큼 부자가 된다는 데저트랜드로 가지, 왜 이곳에 왔나? 최소한의 인권을 보장받기 위해 오지 않았나? 우리는 너의 인권을 보장했다. 이제 너는 신성한 컨테이너를 나가 푸른 얼음 다리를 건너는 형벌을 겪게 될 것이다."

판사들이 외쳤다.

"거룩하신 YK건기의 컨테이너를 나가 그가 맨발로 평안하고 무사하게 돌아올 수 있기를 바랍니다."

형벌은 곧바로 집행되었다. 아빠는 특수복 없이 맨발로 나가 특수복을 입은 사람이 데려오기 전까지 돌아오지 않았다. 아빠를 보고, 끊임없이 눈물을 흘리는 엄마를 보고, 이 미친 광경을 멍하니 바라만 보는 오빠를 보고 있자니 부아가 치밀었다. 하지만 가장 부아가 치미는 지점은 아무것도 할 수 없다는 것이었다. 사람들도 멍하니 이 광경을 바라보고 있었다. 하긴, 가족인 우리도 가만히 있는데 지들이 뭐라고 이 공포 정치에 반대하며 쿠데타를 일으키겠나. 가만히 있는 것이 스스로를 도울 때도 있는 것이다.

회사는 마지막으로 아빠의 시신을 볼 기회를 제공했다. 다 깨져서 발만이 동동 남았다며 이거라도 보겠냐고 했을 때, 엄마는 실신했다. 아빠의 발을 이렇게 자세히 본 적이 있었던가? 아빠의 발에는 아주 푸른 눈꽃이 가득했다. 내가 꽃이 가득한 아빠의 발을 슬쩍 어루만지며 "그럼 나머지 시신은 다 부서졌나요?"라고 묻자, 정신이 든 엄마는 들으라는 듯 더 크게 울었다.

"안타깝게도 나머지는 찾을 수 없었습니다. 이것도 얼음 다리에 붙어 있던 것을 겨우 건져 온 거라."

우리는 회사의 자비 덕에 장례를 치를 수 있게 되었다. 그 귀하다는 꽃 한 송이도 받았다. 물론 나가면 바로 얼어 부서져버릴 것이 뻔했지만, 그래도 괜찮았다. 위스키도 한 잔 받았다. 나가자마자 오빠가 뿌리지 않고 홀랑 마셔버렸지만.

우리는 남겨진 발을 가지고 아빠가 애를 써서 건넜을 얼음 다리로 가 그 발마저 던져버렸다.

"자유롭겠지? 드디어."

울기만 하던 엄마가 처음으로 입을 열었다.

"응, 자유로울 거야."

"너희가 배워야 할 건 딱 하나다. 튀면 안 돼. 자유를 갈망해서는 안 돼. 시키는 일만 해. 엄마는 밥을 하라고 시켜서 삼시 세끼 밥만 하잖니. 그러니까 너희도 각자의 자리에서 할 일만 해. 아무것도 하지 마. 아무것도 생각하지 마. 아무것도 하려고도 하지 마. 그냥 생각도 하지 마. 너희는 아빠처럼 되고 싶니? 저렇게 파랗게, 눈인지도 점인지도 가루인지도 모르게 죽고 싶니? 나는 더는 가족을 잃고 싶지 않다. 그러니까, 아무것도 하지 마. 생각도 하지 마."

YK건기에도 도리란 게 있는지, 우리 가족은 3일간 작업 일정에서 제외되었다. 아주 오래전에, 진짜 아주 오래전에 역모를 꾀했다고 온 가족을 몰살시킨 것에 비하면 참으로 인간적이었다. 고마워서 눈물이 다 날 지경이었다.

다만 다들 일을 나갔기에 우리를 위로할 자는 우리뿐이라는 것이 문제였다. 우리는 모이면 항상 싸웠다. 아니다, 역시 모든 가족은 모이기만 하면 싸운다.

"뭐야, 그럼 진기는 처음부터 아빠가 그런 맘을 품은 걸 알고 있었어?"

"엄마, 나도 사실은 약간 눈치챘어."

"왜 나만 또 바보로 만들어? 너희가 필사적으로 말렸어야지. 진기야, 너는 왜 이렇게 엇나가기만 해?"

"남 신경 안 쓰고 살면 엇나가는 거야?"

"넌 아빠가 남이야?"

"남이지. 그리고 무엇보다 나는 아빠의 의견을 존중했을 뿐이라고."

"아주 존중 두 번 했다가는 엄마까지 죽이겠다?"

"아니, 내가 그걸 소문낸 것도 아닌데 뭐가 문제

야? 자기 생각을 떠들어 재끼고 다닌 건 아빠라고."

"아빠가 그걸 다 말하고 다녔다고?"

"하, 엄마는 정말 아는 게 뭐야? 여기 사람들 다 알아. 엄마만 빼고. 그러니까 병신 같은 아감마나 믿지."

"너, 아감마 님을 모독하지 마."

"지킬 명예가 있나? 그 사이비 새끼가?"

"아감마 님은 사이비가 아니고 학자라고. 연구자야."

"연구자인데 돈은 왜 처받고, 왜 일은 안 하고, 왜 성경 구절은 틈틈이 읽는데?"

"좋은 게 좋은 거니까 그런 거지. 너는 아감마 님을 몰라."

"나는 아감마만 모르고 엄마는 세상을 모르지. 진짜 멍청해."

나는 처음으로 싸움에 끼어들었다.

"엄마한테 멍청하다고 하는 건 선 넘었어."

"그건 미안. 근데 엄마, 사람들이 엄마 아감마 믿는다고 바보라고 해. 그건 알아?"

"내가 저딴 걸 낳고 미역국을 처먹었다니. 억울하다, 억울해."

"엄마, 오빠, 둘 다 그만해. 장례 기간 내내 싸울 거 아니면 이제 그만해."

장례 기간에는 자유 시간도 생겼다. 마음대로 방송을 볼 수 있고 책을 읽을 수 있는 자유. 일기를 쓸 수 있는 자유 그리고 무엇보다 밤하늘의 별을 마음껏 볼 수 있는 자유. 나는 어쩌면 아빠가 스스로 간 게 아닐까 싶었다. 우리에게 이 빛나는 3일을 주고 싶어서.

♧

특수복을 입고 밖에 나왔다. 오늘도 아직 어둠, 아니, 여전히 어둠이라는 말이 맞겠다. 한때 아진과 밤이 오는 주기로 생일을 셌던 적이 있다. 이제는 그럴 필요가 없다. 내 나이는 만 십구 세다. 곧 밥순이가 되는 어른. 박스라도 접고 물건 개수라도 세고 싶다고 생각해본 적이 있었지만, 여성이 모자란 관계로 내가 밥순이가 되는 것은 어쩔 수 없는 미래다.

별들은 여전히 어지럽다. 이걸 보고 싶었구나, 나는. 컨테이너와 컨테이너 사이에 잠시 서 있는 일을 해보고 싶은 게 아니었구나. 눈썹에 얼음이 맺힐 때까지 나는 계속해서 밤하늘을 보았다. 오로라가 내 눈앞에 있었다. 처음에는 어둠 속에서 한 줄기 빛이 움직이는 것처럼 보이기도 했으나, 이내 가득 하늘을 메웠다.

나는 숨을 쉬는 것조차 잊고 가만히 오로라를 보았다. 빛이 나를 투영하는 것 같았다. 보라색에 가까운 푸른빛이 나를 때렸다. 빛은 바람처럼, 매섭지 않은 바람처럼 내 온몸을 할퀴고 지나갔다. 내가 모르는 세계의 끝이 여기 있었나? 아빠가 일하는 시간은 늘 나와 달랐지. 아빠는 늘 오로라를 봤던 걸까? 하루의 끝에 이런 풍경이 있을 거라고 나는 감히 상상도 하지 못했다. 빛의 일부가 되는 특별한 경험. 멀리 떨어져 있어도 느낄 수 있는 한순간의 순간 속에서, 외로웠던 나는 더는 외롭지 않았다.

이걸 본 아이스랜드 사람은 몇 명이나 될까?
모두가 이걸 본다면 희망이 생기지 않을까?

아빠와 같은 마음이 불쑥 솟았으나, 엄마와 약속했다. 생각 같은 것은 하지 않기로. 그러므로 나는 오빠에게 가서 물었다.

“오빠, 오로라 본 적 있어?”

“응, 일하러 갈 때 맨날 봐.”

“어떤 마음 같은 거 안 들었어?”

“들었어. 하지만 그뿐이야.”

“그뿐이라니?”

“내가 전에 말한 적 있지? 여긴 50 대 50을 선택하는 곳이 아니라고. 0 대 0의 선택이야. 절망과 절망 중 택일이라고. 그걸 너는 이제야 안 거고.”

엄마는 오늘도 말이 없다. 이틀째다. 끼니도 때우지 않는다.

“이런 엄마, 먹어야 살아. 산 사람은 먹어야지.”

“데저트랜드로 갔으면 달라졌을까?”

“그런 소리 말어.”

결국 엄마는 오트밀을 한 숟갈도 뜨지 못하고 자리를 떴다.

바깥을 걷기 위해 일찍부터 특수복을 걸쳐 입었다. 나는 이곳에 몇 개의 컨테이너가 있는지 알지 못한다. 어떤 사람들이 어떤 부유함을 따로 영유하는지도 알지 못한다. 내가 할 수 있는 것은 애도 기간에만 주어진 자유를 살리는 것뿐이다.

새까맣고 푸르고 창백한 거리를 끊임없이 걷자 끝도 없이 이어지는 컨테이너들이 보였다.

'잠깐, 이렇게 많은 사람이 아직도 살아 있다고?'

내가 생각한 아이스랜드는 이랬다. 모두 배를 곯고, 적은 끼니나마 서로에게 나누고, 베풀고, 정해진 일을 하면 포상을 받는 곳. 가끔은 숨 쉴 틈을 줘서 그대로 괜찮은 곳.

그러나 내가 보고 있는 끊임없는 아이스랜드는 달랐다. 어떤 컨테이너에는 인공 햇빛을 구현한 가짜 창문도 달려 있었다. 모두가 평등하다던 이곳도 결국에는 틈이 있었던 것이었다. 그 틈 사이를 아빠는 보았고, 그 틈에 내 눈도 쑤셔 넣은 것이다.

아빠, 내게 이런 걸 알려주면 어떡해?

어떡하긴? 네가 할 일을 해야지.

나는 곧장 집으로 돌아가 엄마의 손을 꼭 붙잡았다.

"엄마, 여긴 평등하지 않아. 다 같이 가난하자?

이 가난은 평등하기 위해서가 아니야. 저기 저 멀리 가면 가짜 햇빛이 나오는 창문이 달린 컨테이너도 있어. 거긴 낮이 있고, 불을 끄면 밤이 돼. 믿어져? 우린 이렇게 창백한 곳에서 오들오들 떨면서 살아가고 있는데 저 사람들은 우리가 지금까지 조립해온 무언가를 쓰며 서로의 행복과 안녕을 바라고 부를 누리겠지? 이게 정말 평등이야? 엄마는 이게 평등이라고 생각해?"

"입 닥치는 게 좋아. 나도 몰라서 이러는 게 아니라고."

"뭐? 알고 있었다고?"

"누구보다 내가 먼저 알고 있었을걸. 음식을 배달하는 것도 내 일이니까. 내가 만든 좋은 음식들은 다 어디로 갈까? 당연히 궁금하지 않았겠어?"

"그런데도 가만히 있었단 말이야?"

"가만히 있지 않으면 어쩔 건데? 밖은 죽음뿐이야. 추위에 살아남는다고 치자. 어둠 속에서 우리는 모든 감각을 잃게 될 거야. 점점 창백하게 변하고 온몸을 덜덜 떨다 나중에는 집으로 돌아오고 싶어도 움직이질 못해 돌아오지 못하겠지. 괴사하겠지. 보랗게 죽어가겠지. 아니지, 그럴 기회조차 없을지도 모르지. 네 아빠를

봐. 그냥 다음 날 누군가가 어제보다 서리가 더 많이 꼈네, 하고 눈처럼 훌훌 치우고 나면 아무도 우리를 기억하지 못할 거야."

"그럼 계속 이렇게 살아야 한단 말이야?"

"살아야지."

"알았는데도 이렇게 살아야 한단 말이야?"

"악착같이 살아내야지."

"오빠도 뭐라고 말 좀 해봐. 이렇게 살아야 하는 거 맞냐고!"

"내가 말했잖아. 연락은 안 되지만, 데저트랜드도 똑같을 거야."

"난 알기 전으로는 절대로 돌아가지 않아."

나는 케인의 메모장에 글을 남겼다.

너의 별 꽃까에서 기다릴게.

멍청한 새끼가 아니니까 이 정도 은유는 알아듣겠지.

몸보다 한 치수 큰 특수복을 입고 샌드위치만 몇 개 쟁여 넣는다면 여기서 가장 먼 컨테이너로 갈 수 있다. 이 회사는 때로는 허술하다. 지금부터 온종일 걷는다면 틀림없이 당도할 수 있다. 가장 먼 인공 햇빛 창문이 있는 컨테이너에.

나는 짐을 꾸렸다. 『세 평짜리 숲』도 챙겼다. 도착하면 결말을 읽을래. 너도 그걸 이해해줄 거라고 믿어, 라고 읊조리면서.

나는 이제 무엇을 떠나 무엇이 된다. 이제 밥순이가 되지 않아도 된다. 이건 내 생일이 오기 전에 아빠가 마지막으로 꽂아주신 케이크의 초다. 그걸 불기만 하면 되는 거였다.

얼마 남지 않은 3일을 나는 알차게 썼다. 엉엉 울며 슬퍼 허기가 지니 샌드위치라도 넉넉히 달라고 하자니, 밥순이 아줌마들이 샌드위치를 잔뜩 챙겨주었다. 이제 고단백 식량은 준비되었다.

일기도 나에게 필요한 것은 아니다. 일기는 나를 질책하고 문책하고 되돌리는 역할만 할 뿐이다. 그래서 언젠가는 아진에게 주겠다고 생각하며 썼던 편지 부분과 정거장 6 부분만 살짝 찢어서 넣었다. 책과 연필, 칼 그리고 일기 뭉치, 샌드위치. 이게 내 짐의 전부였다. 나는 그 모든 것을 보자기에 싸서 몸에 묶고 그 위에 특수복을 입었다. 그리고 걷기 시작했다.

걷고

걷고

걷다가

걸었을 때

잠시

쉬고

다시 걷고

걷기를

반복하다가 또

걷고

걸었다.

컨테이너들이 직선으로 놓여 있어 다행이라고 생각했다. 빛이 없어 방향감각을 잃을 수도 있지만, 일단 직선으로만 걸으면 가장 끝에 도달할 수 있다.

지금쯤 우리 컨테이너에서는 무슨 일이 일어났

을까? 내가 사라졌다고 난리가 났겠지? 오빠도 엄마도 이제는 죄를 피하지 못할까? 아니다. 그런 생각을 할 겨를이 없다. 나는 그냥 몸만 빠져나온 것뿐이다. 그냥 밝은 곳을 향해 가고 싶을 뿐이다.

나는 걷는다. 내가 알지 못할 확률이 최대한으로 높아지는 곳으로 끝도 없이 걷는다.

걸어야 해

힘을 내야 해

기운을 내서 걸어

돌아갈 수는 없어

걸어

쉬지 말고 걸어

숨을 거칠게 쉬면

발도 더 빨리 내딛을 수 있어

걸어

참아

참으면서 걸어

너는 할 수 있어

그러니까

생각도

걸으면서

생각해.

시계가 없으니 애도 기간이 지났는지는 알 수 없다. 다만 나는 가져온 샌드위치를 다 먹었고, 샌드위치를 먹느라 손가락 끝의 감각을 잃었다. 아마 나노 블록을 공정하는 섬세한 작업은 더는 하지 못하겠지. 뭐, 어차피 밥순이가 될 처지였으니까. 그렇게 생각하며 미친 듯이 걷기를 반복했다.

컨테이너의 끝, 맨 끝, 길에서 더는 컨테이너를 볼 수 없게 되었을 때 나는 인공 햇빛 창문이 있는 마지막 컨테이너를 발견했다.

손끝에는 이미 창백한 푸른 점이 폈다.

컨테이너의 문을 노크했다.

"계세요?"

아무 소리도 들리지 않았다.

"계세요?"

아무 소리도 들리지 않았다.

“저기요, 계세요? 제 말 안 들리세요?”

아무 소리도 들리지 않았다.

“실례합니다. 들어가도 될까요?”

나는 닫힌 문을 열고 안으로 걸음을 내딛었다. 기압 차이 때문에 하마터면 문이 몸을 찧을 뻔했다.

컨테이너 안에서 내 눈을 둘러싼 것은 사람이 아니었다. 화려한 식기를 부딪치며 식사를 하는 사람도, 최첨단 테크놀로지를 누리는 사람도 아니었다. 그곳은 책이 잔뜩 꽂힌 도서관이었다. 아주 어릴 적에 할머니 옆에서 보았던, 모서리가 다 마모된 책들이 전부 이곳에 와 있었다. 웃음이 나왔다.

“그래, 제일 중요한 게 이거였네. 이거니까 나도 마지막에 이걸 챙겼고, 아진도 이걸 내게 마지막으로 줬지. 몰랐네. 이 중요한 사실을 알고 있었으면서도 여태 다 까먹고 살았네.”

나는 책상 위에 책을 가지런히 둔다.

나는 손끝으로 책 위를 천천히 걷는다.

나는 아무 책이나 꺼내 든다.

나는 연필을 아주 곧게 세운 채 책의 결말부터 읽는다.

더는 도입 따위는 읽지 않겠다고,

다짐한다.

에세이

끝내 우리가 만든 유령의 집

역사상 가장 위대한 항해자는

아직도 여행하고 있습니다*

지구의 모든 것은 빛과 그림자의 관계라고

그런데 어느 날부터인가
엄마는 태양이 지구 주위를 돈다는 말을 하지

* "The greatest voyager in history is still travelling". BBC 다큐멘터리 시리즈 <The Planets> 3번째 에피소드 'Giants'의 마지막 내레이션 중.

않았다

태양이 점점 지구를 벗어나면
지구가 아닌 것처럼
거기엔 집도 없고, 토마토도 없고, 나의 몽당연필도 없다

나는 내가 알던 지구에서 살고 싶다고 말했다

두 손을 모으고
두 눈을 감고
기도를 시작하면
한 번에 백 킬로미터를 갈 수 있었다

눈물이 마른다

마른 기도 위로 비가 내린다

기도가 끝나면
지구는 태양 주위를 어제보다 조금 더 크게 돈다

어떤 하루는 가끔
지구의 마지막이기도 했다

그러나

그 끝이
또 다른 내일을 불러올 수 있다는 것을 나는
알고 있었다

끝내 우리가 만든 유령의 집

ㅇ

발병의 시작은 눈부심이었다. 한 사람이 눈부심을 호소했고, 아무도 그의 말에 귀 기울이지 않았을 때 그의 옆집 사람이, 또 그 옆집 사람들이 눈부심으로 앞을 보지 못하게 되었다. 곧 모두가 장님이 된 채로 백야가 된 세상을 떠돌았다.

케인에게 백야란 그런 것이었다. 한 치 앞도 알 수 없는 것.

그 후에는 가벼운 발현과 가려움이 동반되었다. 사람들은 그렇게 바라던 낮이었는데도 문밖으로 나설 수 없었다. 밖으로 나가면 고통이 더욱 가중되었기 때문이다.

그러나 케인은 달랐다. 케인에게는 어찌 된 영문인지 아무런 일도 일어나지 않았다. 가족들이 모두 눈이 먼 채로 집 안을 더듬거릴 때, 케인은 기꺼이 그들의 손이 발이 몸이 되어 주었다. 케인은 집안의, 아니, 정거장 12의 기둥이었다.

학자들이 그 병을 솔라리움 증후군이라고 명명할 때까지도 사람들은 그 병의 무서움을 몰랐다.

"지구의 자전축을 망친 달보다 더 무서운 게 저 태양이라니."

학자들은 케인을 연구하기 시작했다. 케인은 저 망할 태양에게 선택받았다는 이유로 갖가지 연구에 끌려다녀야 했다.

"과연."

학자 1이 입을 열었다.

무엇이 '과연'이라는 걸까.

"역시 비타민 D가 원인이었네요."

학자 2가 말했다. 그러자 학자 3이 반문했다.

"그런데 여기서 비타민을 어떻게 구해요? 우리는 구할 수 있다고 해도, 대부분은 불가능할 텐데."

●

드디어 모두가 기다리던 밤이 왔다. 잠복기가 시작된 것이다. 가장 먼저 눈을 뜬 사람은 케인의 아버지였다. 케인의 아버지는 케인에게 함께 별을 보러 가

자고 했다.

케인은 아버지를 따라 까투아산에 올라갔다. 올라가서 별을 보았다. 높은 지대로 갈수록 산소가 부족해졌다. 그러나 아버지는 거친 숨을 내쉬면서도 말을 이어갔다.

"케……인……아, 내가 아……주 어……릴 적에…… 지구에서……는 그런 장난……이 있었……단다."

"그…… 그게 뭔가요?"

"아……주 머나……먼 외……계 행성……을 헐……값에 사들……이는 일……이었지."

"그……런…… 바보 같은 행동……을 왜 한……단 말이에……요."

"장난……이니까 할…… 수 있……었단……다. 아……버지……는 오늘 너에게…… 그 행……성을 알려……주려고 왔……어."

"외계 행성……이라면서요."

"외……계 행성이지……만 나는 알 수…… 있단다. 모든 것……이 다 바뀌……어 버……린 지금, 그 외……계 행성……도 지금 이곳으……로 이끌려 왔을…… 거야.”

“행성 이……름은 뭔……가요?”

“‘……좆……까’……란다…….”

“아버……지, 너무 유……치해요.”

“그……때 나는 어……린……이……였는데, 유치……한…… 게 당연……하지 않……니? 외……국인은 그 이……름을 영어로 쓰니……까, 그 뜻을 모르……니까 바로 허……가가 나더라고. 자, 저……기 저 돌이 내 행……성이다. 나……는 분……명……하게 알 수 있어. 너는…… 나는…… 잊어도…… 좆……까는 잊……지 말……거라.”

아버지는 그 말을 남기고 까투아산을 내려가며 방금 본 별에 대해 이야기하기 시작했다.

“까투아산은 너무 높아 이제 사람들이 오지 않잖니. 이렇게 공기가 맑고 풍경이 아름답다는 것을 안다면 목숨을 걸고 한 번쯤은 와볼 텐데.”

“전 잘 모르겠어요. 위나 아래나 별은 늘 그 자리에 있잖아요.”

“아니야, 가까울수록 더 빛이 나는 법이란다. 지구에서 이렇게 멋진 밤을, 평화를 누릴 수 있는 사람은 우리뿐이겠지. 우리가 극지에 살아서 솔라리움 증후군이 발병하는 기간이 짧다는 것이 얼마나 다행이니. 너는 모를 거다, 볼 수 있다는 것에 얼마나 감사하며 살아야 하는지. 너는 겪고 있지 않으니까."

두 사람이 집에 돌아오니 남아 있던 가족들이 뜬 눈으로 케인을 부둥켜안았다.

"우리가 무슨 복이 있어서 이렇게 비타민 D가 풍족한 애를 낳았나 몰라요. 솔라리움 증후군을 겪지 않는 빈민가 애는 우리 케인뿐이잖아요."

그 말이 서글프게 들리던 아주 오랜 밤들이 지나갔다.

그리고 다시, 누군가에게는 칠흑 같은 낮이 찾아왔다.

○

케인은 이주를 위해 가족들의 짐을 대신 꾸려주었다. 옆집 짐도 주변 사람들의 짐도 마다하지 않았다. 모두가 솔라리움 증후군으로 장기 질환을 앓고 있어 옴

짝달싹할 수 없는 사람이 점점 늘어나고 있었다. 열감과 화끈거림 따위는 아무것도 아니었다. 신체조직이 자가 면역력에 의해 파괴되고, 그로 인한 출혈을 피할 수 없는 자연의, 아니, 우주의 섭리였다.

사람들은 이동할 수 있는 자와 없는 자를 나누기로 했다.

"이동만 한다면 칠흑 같은 밤 속에서 우리는 평온할 텐데요."

몇몇이 외쳤지만 아무도 그들을 돕지 않았다.

부촌에서 내려오는 사람들을 처음 만난 날, 케인이 본 것은 부족한 비타민 D를 알약을 먹거나 인공햇빛 방에 들어가서 채우던 사람들이었다. 그들은 케인이 늘 알고 있던 사람의 모습과 별반 다를 것이 없었다. 멀끔했고, 발진조차 일어나 있지 않았다. 비타민 D를 다른 사람과 나누지 않고 자신의 몫을 충분히 섭취했기 때문이었다.

결국 케인은 홀로 아이스랜드로 가게 되었다. 가족 중 실제로 거동할 수 있는 사람이 자신뿐이라는 것을 알게 되었을 때 케인은 절망했지만, 반드시 살아야 한다는 아버지의 조언을 잊지 않았다. 반드시 살아서 비타민 D를 나누지 않고 다 처먹은 새끼들을 족치리라, 그 생각만 가득 하면서 아버지의 마지막 말을 떠올렸다.

"케인아, 남극 극지에서 태어났다는 것은 늘 인내심이 필요하다는 거란다. 우리는 축이 무너지기 전에도 늘 이런 일을 겪었어. 짧은 낮과 긴 밤이 반복되었지. 낮을 손꼽아 기다리며 축제를 열기도 했단다. 그러니 사람이 사는 곳이라면 어디든, 무엇이든 할 수 있단다."

물론 아버지가 원하는 것은 그게 아니었지만,
케인은 그들을 향해 적의를 세운다.
언젠가는.
내가 언젠가는.
씨발, 내가 언젠가는.

아버지 말처럼 극지에서 태어난 사람은 인내심이 강한 편이니까.

해설

미지의 발걸음

—조대한(문학평론가)

21세기의 사분지 일을 지나가고 있는 올해 초, 기념비적인 기록이 하나 보고되었다. 거의 모든 관련 분야의 과학자가 기후 재앙을 막기 위한 최소치의 목표로 입을 모아 이야기했던 '1.5도'의 마지노선이 처음으로 붕괴되었다는 소식이었다. 유럽의 기후변화 감시 기구인 코페르니쿠스 연구소는 2025년이 관측 역사상 가장 더운 해로 기록될 것이 확실하며, 별다른 이상 요인이 없는 한 작금의 상승세 또한 계속될 것이라 전망했다.

다소 암울한 것은 불가능에 가까운 협력과 노력 끝에 유지되고 있는 지금의 수치만으로도 지구 전체의 산호 가운데 70퍼센트 이상은 이미 종말이 예견되어 있다는 점이다. 당장의 난국을 타개할 돌파구는 쉬이 보이지 않고, 세계경제에서 제일 커다란 비중을 차지하고 있는 나라는 다시금 기후협정을 탈퇴했다. 우리는 막연히 상상했던 끔찍한 미래가 구체적인 현실로 다가오는 순간을, 지금 이곳의 모습이 이전과는 다른 형상으로 변해가는 과정을 목도하고 있는 중이다.

이소호의 『세 평짜리 숲』은 상상의 디스토피아가 현실이 되어 나타난 근미래의 풍경을 그리고 있다. "2077년경 사라진 한국어를 복각하여 2101년에 공용어로 사용하던 언어로 번역하였다"(7쪽)는 각주로 미루어보건대 이 책은 22세기 이후의 지구를 시대적 배경으로 삼고 있는 것으로 보인다. 또한 수록된 세 편의 작품은 세계관의 느슨한 연계가 아닌, 모두 매우 긴밀하게 결합된 연작소설의 형태를 띤다.

흐름상 전반부에 해당하는 「열두 개의 틈」에서는 세계가 끔찍하게 변해버린 이유와 그 양상이 서술된다. "모든 것이 바뀐 것은 저 두 번째 달이 떴기 때문"(9쪽)이라고 화자는 말한다. 돌연 하늘에 나타난 낯선 별의 등장 이후 지구의 하루는 436시간이 되었고, 급작스럽게 무너진 축으로 인해 공기층이 파괴되었으며, 해수면이 높아져 삶의 터전을 잃은 세계의 사람들은 머물 곳을 찾아 이리저리 떠도는 난민 신세로 전락하고 말았다. '열두 개의 틈'이란 침몰하는 난파선에 잠시 생겨난 공기 방울처럼 지구에 잔존해 있는 열두 개의 공기층을 뜻한다. 그 희박한 산소에 기대어 숨을 쉬는 일, 모래알처럼 척박한 땅에서 자란 농작물로 연명하는 일, 빛이 새어 들어오지 않도록 눈을 안대로 꽁꽁 싸매야 겨우 잠들 수 있는 기나긴 낮을 견뎌내는 일이 "지구에 남은 에어포켓의 시민"(13쪽)들의 운명이다.

삶의 축이 무너진 세상을 눈앞에서 대면해야 했던 사람들의 대응은 저마다 사뭇 차이를 보인다. 가령 천문학자처럼 인류가 맞이한 생경한 현상의 의미와 결과를 선명하게 인지하고 있었던 자들은 "이 비극을 그대로 받아들일 수밖에 없다는 것을 견디기 어려"워 "두 번째 달이 뜬 날 스스로 목숨을 끊었"(16쪽)다. 먼 옛날의 '비극'이 신이 점지한 운명을 미처 알지 못한 무지한 이들의 서사시였다면, 더 이상 이 세계를 돌봐줄 신이 없다는 사실을 깨닫게 된 자들은 "장님이 된 채로 백야가 된 세상을 떠돌"(133쪽)아야 하는 오이디푸스의 삶

대신 고통스러운 생을 스스로 포기하는 쪽을 택한다.

한편 에어포켓에서 살아가고 있는 사람들 대부분은 신의 자리를 대신할 누군가를 추앙하거나 변화된 삶의 기준을 제시해줄 이를 찾아 나선다. "아감마라는 천문학자가 미래를 본다고 믿"(49쪽)는 사람들은 그를 후원하며 새로운 종교에 빠져들고, "아주 신비한 감각을 가지었"다고 여겨지는 '인플루언서'들에겐 "온 정거장 사람들이 온 힘을 다해" "길잡이 노릇"(19쪽)을 하게 만든다. 눈앞으로 다가온 진실에의 공포와 직접 대면하길 꺼리는 이들은 각자에게 주어진 앎의 몫을 다른 이의 책임으로 전가한다. 삶의 기준이 사라진 공허함을 못내 견디지 못한 자들은 그 텅 빈 자리에 새로운 권위의 옷을 입힌 존재를 가져다놓고 그를 맹목적으로 추종하기 시작한다.

눈을 가린 채 고된 삶을 이어가던 에어포켓의 시민들에게 또 다른 비보가 전해진다. 남은 자들의 피난처이자 정거장 역할을 해오던 열두 개의 에어포켓이 조만간 송두리째 사라지게 될 것이고, 남은 생존자들은 모두 '데저트랜드'나 '아이스랜드'라는 두 지역 중 한 곳으로 이주를 해야 한다는 것이다. 데저트랜드는 "말 그대로 낮이 계속되는 곳”(23쪽)이다. 밤이 영영 오지 않는 그곳에서 사람들은 백야의 상태로 평생을 살아가야 한다. 그나마 물과 농작물을 얻을 수 있다는 점, 자신의 몸을 뉘일 공간이 주어진다는 점 정도가 약간의 이점으로 거론되는 땅이다. 반면 아이스랜드는 “끊임없이 밤만 계속”(24쪽)되는 극야의 대지이다. 눈을 감아도 명멸하는 지긋지긋한 빛에서 완전히 벗어날 수 있고 지금보다 더 넓은 공간에서 살아갈 수 있지만, 그곳에 존재하는 것은 끝없는 어둠과 얼음뿐이다.

두 지역은 각기 ‘빛’과 ‘그림자’로 뚜렷하게 분화된 세계의 모습을 상징하고 있다. 그러니 이제 지구의 난민들에게 남은 것은 ‘영원한 낮’과 ‘무한한 밤’ 사이의 선택이다. 붉은 달의 출몰 이후 뒤바뀐 세상에서 어떻게든 살아남았던 에어포켓의 시민들은 이제 또다시 이주민이 되어 낯선 땅에 새로이 적응해야 한다. 이 같은 양극단의 땅에서 살아갈 후속 세대를 대표하는 이들이 바로 소설의 쌍둥이 주인공에 해당하는 ‘아진’과 ‘이린’이다.

아진은 그런 나에게 다가와 이렇게 말한다.

"낮이 꼭 나쁜 것만은 아냐! 그래야 식물들이 무럭무럭 자라서 네 양파즙도 되고 이 옥수수도 되지."

나는 쭈그러진 옥수수를 입에 욱여넣으며 아진에게 말한다.

"아진아, 빛 한 점도 새어 들어와서는 안 돼. 두 눈을 꼭 가리고 자야 해. 제대로 가리지 않으면 모든 것이 붉게 보인다고. 모두가 자야 한다고. 자야지, 살지. 다음이 있지."(14쪽)

위의 대화에서 간접적으로 짐작할 수 있듯, 작품에서 아진은 '낮'을, 이린은 '밤'을 대변하는 인물이다. 실제로 아진은 "식물들이 무럭무럭 자라"는 낮의 도시 데저트랜드로, 이린은 "빛 한 점도 새어 들어"오지 않는 밤의 도시 아이스랜드로 이주하여 살아가게 된다.

이 같은 대립 구도는 소설적 배경뿐만 아니라 이들의 성격에도 그대로 적용된다. 아진과 이린은 쌍둥이처럼 얽혀 있으나 서로 정반대의 성향을 지닌 인물인 듯 보인다. 아진은 밝고 긍정적이며 늘 무리의 중심에 서 있는 이로 묘사된다. 이린은 섬세하고 사려 깊은 마음을 지니고 있으나 바깥으로 드러나기보다는 조용히 “어둠 속에서 더욱 빛나는 그림자”(40쪽)에 가깝다. “정적을 망쳐야 직성이 풀리는”(26쪽) 아진과 달리 이린은 사색과 침묵을 선호한다. 낯선 땅으로의 이주를 준비할 때도 욕심 많은 아진은 추억이 깃든 수많은 물건을 바리바리 짐 가방에 넣으려다 엄마에게 핀잔을 듣는다. 반면 이린은 아끼던 책과 소중한 기억이 담긴 물건을 정거장 6의 기억과 함께 그 자리에 두고 가려 한다.

‘사랑’에 관해서도 두 인물의 생각은 확연히 대비된다. 아진은 “말로 표현할 수 없는”(76쪽) 존재에 ‘사랑’이라는 이름을 붙이고 그에 대해 더욱더 정확히 알기 위해 노력하는 사람으로 그려진다. 그것이 어떤 장소든 또는 누군가의 마음이든 아진은 살아가는 동안 애써 “더 정착하고 싶어 했고, 더 사랑받고 싶어 했고, 더 예민하게 포착하고 싶어 했다.”(102쪽) 이린은 그런 아진을 누구보다 사랑하고 심지어 그를 닮은 쌍둥이가 되길 바랐지만, 정작 서로의 모든 것을 속속들이 들춰보는 일은 무척이나 두려워했다. “둘은 종종 손을 잡곤 했기에 아진이 이린의 손바닥 아래 굳은살을 알고 있는데도”, 이린은 “어째서인지 아진에게 손을 쉽게 펼쳐보이지 않았”(40쪽)다. “영원히 끝나지 않”는 “결말을 읽지 않은 책"(102쪽)처럼 아진과 서로의 끝을 파헤치지 않은 채 지금의 순간과 감정 들을 계속 유예하고 싶었던 것 같다.

결국 용기를 내 먼저 이별 인사를 건넨 것도, 이린이 정거장 6에서의 시간을 매듭지을 수 있게 해준 것도 모두 아진이다. 그때 아진이 끝까지 읽어보라며 이린에게 건네준 책의 제목이 바로 『세 평짜리 숲』이다. 다시 말해 이 책은 둘의 시작과 끝이 뒤얽힌 일종의 메타소설인 셈이다.

「열두 개의 틈」 뒤편에 놓인 작품들은 본격적으로 갈라진 아진과 이린의 삶의 궤적을 그리고 있다. 두 번째 작품인 「세 평짜리 숲」은 데저트랜드에서 살아가는 아진의 이야기다. 데저트랜드에 처음 도착한 아진과 엄마에게 할당된 것은 "고작 각 한 평짜리 몸 뉘일 공간뿐이었다."(55쪽) 그들은 개인 화장실을 이용하지 못하는 것은 물론 원하는 시간에 세탁을 할 수도, 가족끼리 한방에 모여 살아갈 수도 없었다.

몸을 뒤척이거나 일으키기도 힘든 그 좁은 방에서 벗어나기 위해, 아진은 '데드샌드'라는 조직에 몸을 맡긴다. 유난히 공기층이 얇은 6구역에서 살아왔던 아진은 다른 이들보다 유달리 폐활량이 좋았고, 숨을 잘 참는 그 재능을 이용하여 바다 아래 깔린 광케이블을 뜯어 조직에 상납하는 일을 하기 시작한다. 목숨을 건 잠수를 수없이 반복한 끝에 아진은 "다리를 뻗을 수 있고 작은 협탁을 놓을 수 있는"(71쪽) 여분의 공간을 마련한다. 그 작디작은 세 평짜리 자유를 기점으로, 아진은 자신에게 주어진 몫을 조금씩 넓혀나간다.

마지막 작품인 「창백한 푸른 점」에는 아이스랜드에서 살아가는 이린의 이야기가 담겨 있다. 이곳 역시 데저트랜드 못지않게 열악한 조건의 땅이다. 이린은 이쪽 컨베이어벨트에서 저쪽 컨베이어벨트로 이리저리 옮겨 다니는 단순노동에 종일 시달리며 정해진 휴식과 빈약한 식단만을 제공받는다. 인공적으로 만들어진 '비타민 D 방'에서 "'아주 잠깐의 낮'"(93쪽)을 즐길 수 있긴 하나 그때마다 이린은 어딘가 슬픈 감정을 느끼거나 이유 모를 분노에 차오른다. 그럼에도 함께 거주하는 가족과 새로운 친구 케인이 주변에 있다는 사실만으로 데저트랜드에서 홀로 분투하는 아진보다 조금 더 나은 처지에 놓여 있는 듯하다. 아마도 이린은 나이가 들면 그의 엄마처럼 청소를 하거나 밥 짓는 일을 하게 될 것이다. 그것 말고 다른 "꿈은 허가되지 않"(95쪽)지만 "먹여주고 입혀주고 재워주는"(104쪽) 일은 걱정하지 않아도 되는 곳, 주어진 자신의 몫에 만족하면 "아무것도 하지 않을 수 있"(101쪽)는 곳이 이린이 살아가는 하얗고 푸른 세계다.

이처럼 양쪽의 세계는 빛과 그림자의 속성뿐만 아니라 공동체의 작동 방식에서도 선명한 대비를 이룬다. 한쪽이 원하는 만큼 자신의 몫을 획득할 수 있는 뜨거운 욕망의 도시라면, 다른 한쪽은 모든 이가 주어진 배분과 규칙을 지키며 살아가는 차갑고 조용한 자족의 도시다. '자유'와 '평등'의 논리를 극한으로 확장시켜 놓은 듯한 각 도시의 특성은 좋아하는 것을 마음껏 탐닉하고 싶어 하는 아진의 욕심이나, 침묵 속에서 조용히 사색을 즐기고픈 이린의 바람과 일견 잘 어울리는 것처럼 보이기도 한다. 하지만 시간이 지날수록 그들이 마주하게 되는 건 각각의 세계가 지닌 모순과 부조리다.

데저트랜드에 도착한 아진은 자신이 발을 디딘 땅이 소문과는 전혀 다른 곳임을 금세 눈치챈다. 모든 자유는 돈으로만 살 수 있다는 것을, 본인만의 "고유한 삶을 영위하는 것은 오직 자본에서만 비롯될 수 있다는 것을"(65쪽) 알아차린 아진은 상류층으로 나아가기 위해 아득바득 돈을 모은다. 그러나 상층과 하층 사이의 중간 다리 역할을 하는 보스는 고이율의 커미션을 뜯어가고, 생활을 하는 것만으로 늘어나는 커다란 빚이 있으며, 무엇보다 아무리 돈을 아끼고 모은다 한들 계층 이동의 사다리가 막혀버린 이곳에선 더 큰 생의 공간이 허락되지 않는다. 이곳이 "적당한 '내 몫'"(82쪽)의 세계, 완전한 자유가 아닌 착취를 위해 허락된 만큼의 자유만이 존재하는 세계라는 것을 깨달은 아진은 깊은 절망에 빠진다.

한편 이린이 세계의 부조리를 의식하게 된 직접적인 원인은 아빠의 죽음이다. 아무것도 생각하지 않아도 되고 "알 수 없음을" "매일매일 반복하고 있는"(96쪽) 일상에 점차 익숙해져 갈 무렵, 이린은 아이스랜드의 사회구조에 반기를 들다 형벌을 받는 아빠를 목격하게 된다. "우리에게는 다른 생각을 할 자유와 상상력이 있"(108쪽)다고 주장하던 이린의 아빠는 체제 전복의 혐의를 벗지 못하고 끝내 맨몸으로 도시에서 쫓겨난다. 그 죽음을 계기로 아이스랜드라는 사회에 의구심을 가지던 이린은 "모두가 평등하다던 이곳도 결국에는 틈이 있었”(117쪽)다는 사실을 깨닫는다. 이린이 바라본 아이스랜드는 대다수의 평등한 추위와 가난을 통해 소수의 빛과 온기를 생산하는 세계이자, 동등한 어둠이 아닌 여전한 음영과 구조적 불평등이 내재된 세계다.

철학자 샹탈 무페와 에르네스토 라클라우는 ‘적대antagonism’라는 개념에 대해 이야기를 남긴 적이 있다. 그들은 사회적 평등과 혁명을 위해 제거되어야 하는 대상으로 상정되는 어떤 ‘적대’의 형상이 실은 혁명의 움직임을 지속하게 하는 조건 그 자체라고 주장하였다. 이때의 ‘적대’는 사회체제 속에 내재된 모순, 균열, 틈 등의 명칭으로 다양하게 지칭될 수 있을 것이다.

둘은 마르크스의 꿈을 사례로 든다. 마르크스는 ‘적대’를 해결 가능한 문제로 간주하였다. 그는 노동자들이 자본으로부터 혹은 자신의 노동으로부터 소외되지 않을 때, 다시 말해 사회 내의 모순과 균열이 모두 사라지는 순간에 도달할 때 궁극적 혁명이 완수된다고 생각했다. 하지만 그는 사회의 원동력을 지속하고 혁명을 가능하게 하는 조건을 없애려 했기 때문에 실패한 것이라고, 세계의 균열과 틈을 깨끗하게 없애려는 모든 시도는 언제나 실패로 귀결된다는 사실 속에서만 존재

가능한 것이라고 샹탈 무페와 에르네스토 라클라우는 주장한다.

이 논의를 참조한다면 모든 규칙과 통제가 사라지는 순간 무한한 자유의 세상이 도래할 것이라는 상상, 세계의 모순과 빈부격차를 전부 해소하면 평등한 공동체가 만들어질 수 있으리라는 희망은 지워지지 않는 '적대'를 없애려는 시도에 다름 아닐 것이다. 그런 관점에서 본다면 "돈으로도 못 사는 자유가 있다"(66쪽)고 여기던 아진의 꿈과 "적은 끼니나마 서로에게 나누고, 베풀고, 정해진 일을 하면 포상을 받는"(117쪽) 유토피아를 그리던 이린의 바람은 처음부터 실패할 수밖에 없었던 것이다. 이처럼 이 소설은 극적으로 형상화된 근미래의 디스토피아를 통해 과거의 인류가 꿈꾸고 좌절했던 흔적의 일면들을 우리에게 되비춘다.

> 아진은 세 평짜리 숲에서 질긴 버섯 밑동을 섬세한 손길로 정성스럽게 손질한다.
>
> 다음 날, 아진은 칼을 들고 보스의 방을 찾는다. (86쪽)

> 나는 걷는다. 내가 알지 못할 확률이 최대한으로 높아지는 곳으로 끝도 없이 걷는다. (122쪽)

예정된 좌절과 실패를 대면한 뒤 두 사람의 행동은 역시나 전혀 다른 방식으로 펼쳐진다. 주어진 자리에서 아무리 노력한다 해도 세계 내에서 자신의 위치가 달라지지 않을 것임을 자각한 아진은 한 편의 이야기를 떠올린다. 주인 춘권과 하인 엘리스의 이야기다. 생을 마감하는 순간, 춘권은 엘리스에게 자신을 죽이라는 마지막 명령을 내린다. 오랜 망설임 끝에 춘권의 복부를 칼로 찌른 엘리스는 죽은 그 대신 새로운 주인이라는 지위를 차지하게 된다. 아진은 이 이야기를 되새김질하며 상층에 위치한 보스의 자리를 차지할 계획을 세운다. 그리고 다음 날, 독성 짙은 버섯 차를 들고 보스의 방을 찾아간다. 그 "질긴 버섯"은 바닷속으로 자맥질을 할 때마다 비좁은 "세 평짜리 숲"에서 조금씩 자라난 아진의 정념이자, 그가 이 불합리한 세계를 향하여 칼 대신 내뻗은 무기인 것이다.

결국 아진이 택한 것은 내부의 자리바꿈이다. 그것은 직접적인 전복은 아니나 최선을 다한 발버둥임에는 틀림없다. "뭐든 긍정적으로 이겨내려 노력했고 다 씹어 먹겠다고"(101쪽) 외치던 씩씩한 아진은 시스템으로부터 도피하거나 주어진 억압에 수긍하기보다는 본인과 어울리는, 직접 부딪치고 맞서는 싸움의 방식을 택했다.

그와 달리 이린이 선택한 것은 바깥으로 도망치듯 걷는 일이다. 그는 몰래 빼돌린 샌드위치와 아진이 선물한 책을 싸들고 어딘가의 빛을 향해 무작정 걷기 시작한다. 용감하고 끈질긴 아진의 싸움에 비하면 이는 언뜻 무계획적이거나 다소 회피적인 태도로 읽히기도 한다. 하지만 조금 바꾸어 생각해보면 더욱 용기 있는 쪽은 이린일지도 모른다. 그는 세계의 모습이 결코 변하지 않을 것이고, 자신 또한 아빠처럼 창백하게 죽어갈 것을 잘 알고 있음에도 "알지 못할 확률이 최대한으로 높아지는 곳으로 끝도 없이 걷는다." 그것은 무언가를 알기 위한 노력을 하지 않은 채로 오늘과 내일의 변함없는 삶에만 만족하려 하는 '무지'에의 도피가 아니라, 아직 도착하지 않은 '미래' 혹은 자신이 진정으로 모르는 '미지'를 향해 나아가는 걸음에 가깝다.

언제나 결말과 마주하기를 꺼려 하던 이린은 이

제 두려운 진실을 목도할 용기를 머금고 얼어붙은 세계의 끄트머리로 나아간다. 이린의 아빠가 남긴 푸른 눈꽃의 흔적 위에 이린의 발걸음이 겹쳐진다. 그리고 다시 그 위에 또 다른 누군가의 발자국이 포개어질 것이다. 즉, 이린의 걸음은 단순히 혼자만의 치기로 끝나지 않는다. 그것은 케인에게 남겨진 메시지처럼 낯선 여정에 들어설 훗날의 여행자에게 선명한 길잡이이자 새로운 북극성을 표방하는 이정표가 되어줄 것이다. 누군가의 작고 사소한 걸음이 "또 다른 내일을 불러올 수 있다는 것"(131쪽)을, 우리는 익히 알고 있다.

서두에 언급한 기후 위기처럼 관측 역사에 기록될 만한 사건은 아니지만, 2025년을 기억해야 할 사소한 이유가 하나 더 있다. 올해는 인류가 만든 모든 인공물 중 지구로부터 가장 멀리 떨어져 있는 보이저 1호와의 교신이 전면 중단되리라 예상되는 해의 시작점이다. 아무도 가닿지 못한 곳으로의 항해를 이어가고 있는 이 '위대한 항해자'는 조만간 가용 전력 부족으로 인해 어떠한 장비도 구동할 수 없게 될 것이다. 따라서 금년은 우리가 상상해온 끔찍한 미래가 구체적인 온도로 체감

되는 해인 동시에 인류의 가장 머나먼 전위에서 미지를 탐험하던 존재와의 연결이 단절되는 해이기도 하다.

임무를 다한 보이저 1호는 어디에도 기록되지 않을 찬란한 항해를 계속 이어나갈까, 아니면 이름 모를 어느 별의 중력에 휩쓸려 우주의 한 귀퉁이를 하염없이 맴돌게 될까. 보이저 1호가 지금보다 더 멀리 나아가게 된다면 그의 모습은 거의 보이지 않을 정도의 점으로 축소될 것이고, 아무도 보이지 않는 곳에서 자신만의 외로운 등속운동을 이어나갈 그의 여정은 아마도 우리에게 전해지지 않을 것이다. 하지만 깜깜한 어둠의 바깥으로 나아가는 이린의 걸음과 지금 새로운 영역에 첫 발자국을 내고 있는 이소호의 설레는 시도처럼, 미지를 향한 누군가의 용기 있는 첫 발걸음은 희미하지만 분명하고 푸르른 흔적이 되어 우리 곁에 오래도록 남아 있을 것이다.

트리플 30

세 평짜리 숲

초판 1쇄 인쇄일 2025년 2월 24일
초판 1쇄 발행일 2025년 3월 17일

지은이 · 이소호

펴낸이 · 정은영
편집 · 전유진 장혜리
디자인 · 박정은
마케팅 · 최금순 이언영 연병선 송의정
제작 · 홍동근
펴낸곳 · (주)자음과모음
출판등록 · 2001년 11월 28일
제2001-000259호
주소 · 경기도 파주시 회동길 325-20
전화 · 편집부 02) 324-2347
경영지원부 02) 325-6047
팩스 · 편집부 02) 324-2348
경영지원부 02) 2648-1311
이메일 · munhak@jamobook.com

ISBN 978-89-544-5243-4 (04810)
978-89-544-4632-7 (세트)